COCO論

たにひらこころ

新葉館出版

あれから

あれから十一年。〝えっ十一年⁉〟そんなに長く続くとは思わなかった「COCO論」、道理でプロフィールの写真が若すぎると言われても仕方がない。何せ十一年前の私なんだから。十年ひと昔なんて死語と思える程、月日の流れは早く、特に楽しい時間は過ぎ去るのも超特急でCOCO論も好き放題、言いたい放題しているうちに終わってしまった。恩師時実新子の才能には及びもつかないが、本音人間であるところだけは、しっかり受け継いだようだ。「早く上達する方法を教えて欲しい」という質問には〝そんなことを言っているようでは上達しない〟だの、「壁にぶつかっている」と言う人には〝ぶつかるような壁などまだない〟などと辛辣な答えを返してしまう。そんな風にバッサバッサと斬り捨てていくのでついた渾名が「サムライ」なんだそうな。これで質問者のお役に立てたのだろうかとはなはだ心許無いが、伝えたかったのは「自分に甘えるな」の一言である。産みの苦しみの無い作品はすぐに忘れられるし、器用に仕立てた句も心に残らない。そんな精神が少しでも伝わっていればと思う。十一年分のクエスチョンをセレクトし、項目別にまとめてくださった松岡恭子氏に感謝致します。

たにひらこころ

本書は川柳総合雑誌「月刊川柳マガジン」二〇〇六年十月号から二〇一八年一月号までの連載から抄出し再編集しました。

COCO論
Contents
目次

コンプレックスについて 65

このカベを越えるには　121

13 COCO論

COCO論

川柳作家になるには?

COCO論

COCO論

Q 川柳作家になるにはどうすればよいでしょうか。

（埼玉県／T・Yさん）

A これはまたなんと直截な質問ですね。川柳は本音の文芸ですからその潔さ（?）には感服しますが、残念ながらそれはあなた自身で決められることではありません。下手な小説をいくら書いたって小説家とは言えないように、世に認められる作品を残してこそ、作家と言えるのではないでしょうか。川柳の弱点は、その作品の殆どが川柳愛好家にしか読まれていないことだと思います。川柳作家は詠み手でもあり読み手でもあるという狭い世界から踏み出さなければ、川柳作家は生まれない気がします。たくさんの川柳作家の作品が本屋さんに並ぶことを夢みています。

Q 古い選者が多すぎる。若い選者を養成することが必要ではありませんか。

（岡山県／I・Kさん）

A うーん。「古い」にも意味が複数ありますが、古い選者は古い選をするから川柳が古いという声も耳にします。八十歳を機に選者を降りた人の話を聴くと、選者定年制もありかなという気がします。以後は特別選者枠を設けるという方法もあるし…。選者を養成する機関がある訳でもないので、出来るだけ若い人にも選をする機会を多くするのが具体策でしょうね。共選にして、若い選者と組み合わせるというのもいいと思います。

Q 選者はある一定の年代に片寄ると、新しい風を吹き込もうとする若い世代の「壁」になっているような気がします。ある年代以下には周知の事実あるいは感覚が伝わらず、閉ざされているのではと危惧します。

（北海道／I・Hさん）

A 反対に、ある年代以上でなければ理解できない感覚もあります。戦争を知らない私が戦争を詠んだ作品の選に臨むこともしばしばです。けれども古いなあと感じるか胸を打つかは作品の力であり、選者の力でもあります。古い世代が新しい世代の壁だと感じるならば、その厚い壁をぶち破るエネルギーが欲しいものです。努力無くして風は動きません。攀じ登って壁を内側から覗いて見たら案外面白いかも。

Q 『川柳マガジン』などで説明句が多く入選しているように思うのですがこの傾向についてどのように思われますか。

（長野県／K・Tさん）

A 説明句は駄目と私も教えられてきましたが、ではどういうのが説明句で何故それがいけないのでしょうか。説明句というのは〝ああ、そうですか川柳〟だとよく言われます。つまり単なる事象の説明に終わってしまうと〝ああ、そうですか〟としか言いようがないのです。たとえ表面的には説明だけの句のようでも、作者の想いが伝わって来るならそれは説明句ではないと私は思っています。要は形ではないのです。

Q 大会などで句の発表があった時、自分ではその句が理解できなくてお友達に聞いたりしています。作者にその句の意味を聞きたいのですが失礼

になるのでしょうか？　（福岡県／J・Aさん）

A 私も初めて大会に参加した時、賞をとられた作品を理解出来なくてショックを受けた覚えがあります。いい句は初心者の私でも感動するものだと思っていましたから。〝どうしてこの句がそんなにいいのかなぁ〟と思いながらも、疑問をぶつける勇気もなく月日が過ぎていきました。しかし、何年か後、再び目にしたその句を素直にいいなぁと思えることに気がついたのです。反対に、当時大好きだった句が何だか平凡で色あせて見えたりもしました。作者に直接聞くのが失礼かどうかはわかりませんが、もし私にぶつけてこられたら熱心さは買いますが、あなたを納得させられる確かな自信はありません。あなたの心が熟成されてはじめて体で感じる句もあると思うのです。

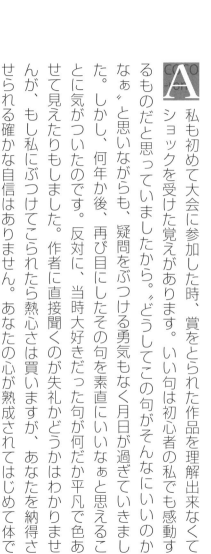

Q 印象吟などの作品は作者の印象を句にしているので他人には不可解があっても良いのでしょうが、それでも多くの方が成程なぁと思うのが川柳ですか？

（鳥取県／Ｉ・Ｉさん）

A 私も印象吟の選者をさせてもらったことがありますが、大変幅広くユニークな作品が多くて、楽しい選でした。成程こんな発想もあるのかという驚きと感動は課題吟では味わえないもの。中には飛び過ぎてよくわからない句も登場しますが、何か感ずるものがあれば深く意味を追求しなくてもいいのが印象吟の良さではないでしょうか。独自性を育むには大切な場ですから、必ずしも多くの共感が必要だとは思っていません。

Q 川柳の鑑賞力というのはどうすれば身につきますか。句会に行ってもその日の作品について深く話す時間は無く、柳誌の鑑賞文を読んで自分と違う思わぬ解釈に唸るだけでは何も身について無いのではと不安になります。効果的な方法があればご教示ください。

（福井県／K・Tさん）

A 絵画でも音楽でも良い作品を鑑賞することが大切なように、川柳も良い作品に触れるのが一番です。『川柳マガジン』の入選作、特に秀句にしっかり眼を通し、選者の講評も味わうことです。自分とは違う解釈に出合うのは大事なことです。効果的な方法など望まず、こつこつ学ぶことこそ早道でしょう。

Q 『元日――暮る（川上日車）』という句があります。これで川柳なんですか？　川柳は五七五の十七音、かるみ、うがち、ユーモアを含む短詩であるときちんと定義し、これからはずれるものは川柳としないとすることが必要ではないでしょうか？　十四字詩に準じて十九字詩、十八字詩〜十三字詩があってよいと思いますが。

（福岡県／A・Yさん）

A こんな句に出合うと、凄いなと思わざるを得ません。わが師・時実新子は阪神淡路大震災を「平成七年一月十七日　裂ける」と詠みました。定型を守るのは基本ですが、絶対に定義からはずれてはいけないとなると、こういう深い作品が生まれにくくなります。約束事はいい作品を生むためにあるものではないでしょうか。

Q　破調句はリズムが悪いので私は好きではありませんが、大会などではよく抜けているようです。破調句の良し悪しはどのようにして味わえばよいのでしょうか。

（愛知県／K・Oさん）

A　破調については新家完司氏著『川柳の理論と実践』（新葉館出版）に詳しく論じられています。六項目中、紙面の都合で一項目だけ取り上げてみると「破調の句を斬新で格好いいと思っている」というのがあります。確かに定型の中に破調が混じると目立つし、インパクトもあるので抜けやすいかも知れません。「たまに食べる中華料理はおいしいものですが、毎日だと嫌になります。毎日でも飽きないのは白いご飯、すなわち五・七・五の定型です。」という完司氏の言葉は大変説得力があります。大方の質問はこの『書』でカバーしてくれますので、是非読んでみてください。

Q 同じ句を同月号の柳誌二か所に投句する事はいけない事でしょうか。

（石川県／F・Hさん）

A 同じ句を二か所に出すのは、同月号でなくてもしてはならないことです。

あちこちの柳誌に出句していたり、何か所もの句会に出ていると、うっかり同じ句を出してしまうことがあるのかも知れませんが、たとえ自分の句であっても二重投句は絶対に避けてほしいものです。

ただし「招待席」などの欄で、新作でなくてもよいという場合はこの限りではありません。

Q いくつか入りたい結社があり悩んでいます。一度入会したら、辞めにくいので慎重に選びたいのですが何か初心者でも判断できる方法はあるのでしょうか。それとも余裕のある限り、気になるところは全部入った方が良いのでしょうか。

（東京都／K・Dさん）

A 同人には誌友を経なければならない場合が殆んどだと思いますので、ここで言われる入会とは誌友としてのことと判断してお答えします。

誌友としてあちこち投句するのも一方法ですが、自分なりの基準は持つべきだと思います。気になる柳誌があるならよく読んで、心魅かれる作品や作家が居るか、次号も読んでみたくなるか、などをチェックしてみたらどうでしょうか。作句意欲をかきたてられるようでしたら即入会をお勧めします。

Q **川柳には森羅万象が存在するという定番のフレーズがあります。一方、「川柳は不自由な文芸」という意見も目にします。どちらを信じたら良いのでしょうか？　私は最低限「自由の中にも礼節とモラルは大切に」と理解したのですが、よろしくご教示お願いします。**

（群馬県／S・Iさん）

A 「川柳は不自由な文芸」だとは聞いたこともないし、そう思ったこともありません。言わずもがなですが、日々の生活の中で遭遇するすべての出来事は森羅万象であり、そこから川柳も生まれます。

Q 目標とする川柳を書く人を追いかけています。その人が選をする句会や大会は自分の行ける範囲で行っています。でも、その方は川柳会に所属はしていますが、自分の会を持っていないようで、直接指導していただくことが出来ません。いきなり私の句を見て下さい、というのはやはり失礼でしょうか。

（千葉県／S・Bさん）

A そういう人に出会えたことが、まずラッキーです。私（若い頃の）なら迷わず飛び込んで行きます。ラブレターと一緒に作品を送ってみて突き返されたら、それだけの人だったんだと諦めることです。いずれにせよ、目標とする人にぶつけられたら、作品もぐっと成長します。ガンバッテ!!（老婆心ながら指導料の配慮は失礼のないように）

Q 前衛川柳の意図するところは何か。ずばりご教示ください。単に奇をてらったり、見付けの発想が優れていればよいというものではないと思うのですが…。

（茨城県／A・Fさん）

A いつの時代も新しいものへの挑戦はつきものです。表面的には奇をてらったものに見えるかも知れませんが、その精神を知れば、理解出来るところもあると思います。変化が無ければ進歩もありません。特に川柳人の高齢化を脱するには風が吹かなければなりません。

Q まだ「ひよっこ」です。「川柳は人間である」に惹かれて始めました。何か普段心がけておいた方が良いことがあったら教えてください。

（栃木県／S・Mさん）

A その人の川柳はその人を表していると私は思っています。どんなに上手な作品でも心を打たないものもあれば、たどたどしい句の中にはっとさせられるものもあります。心がけるとしたら、人間を磨くことですね。

Q 句会で選者にあたるようになりましたが「聞こえない」と言われることがあるので披講をするのが不安です。句を間違えないように読むことに気を取られてあまり気配りが出来ません。どうすれば良い披講になりますか。

（埼玉県／N・Kさん）

A 披講は大きな声で、はっきりとが基本条件です。「聞こえない」と言われて萎縮するのではなく、それは選者としてのあなたを育ててく

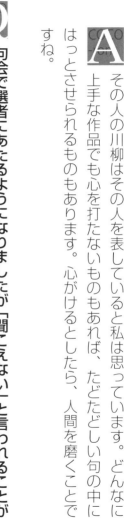

れているのだと感謝して受け止めてください。そして何より自分が選んだ句です。しっかり覚えて心をこめて披講して欲しいものです。良い披講は作品も輝くのですから。

Q 短歌の啄木、俳句の子規など百年を超えても人々に愛されている作家がいます。対して川柳はどうしてもマイナー感が否めず、六大家にしても啄木や子規のような有名さはありません。俳句も川柳も同じ十七文字であり、俳句に優るとも劣らない秀句が沢山あるのになぜ、多くの人の心を掴まないのでしょうか。

（兵庫県／I・Hさん）

A 啄木や子規を知っていても川柳の六大家はあまり知られていません。私も川柳をはじめる前は知りませんでした。けれども、いい作

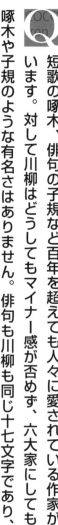

品は人の心に響きます。ただ、その作品も知らなければ人の心を掴みようがありません。作品の質云々よりも、浸透度の問題だと思います。川柳人一人一人が、周囲の人に広めていくことと、スターの誕生で、マスコミが多く取りあげてくれるのもいいなあ、ナアンテ妄想しています。

㊟十七文字ではなく、十七音だということを、お間違いなきように！

Q　高校生に川柳を指導しますがなかなか句を作る事が難しいようで、一句も出来ない生徒もいます。小・中学校時代に俳句や短歌、川柳に触れたことがないのかもしれません。彼らへどのようなアドバイス、指導をすれば良いでしょう？

（福岡県／J・Aさん）

A 以前、中学校の授業で川柳を受け持っていた時、最初の課題は必ず「母」でした。母への思い（プラスにしろマイナスにしろ）は誰にでもあるので、一句も出来ない生徒は居ませんでした。テスト、学校、教師など身近なテーマで、まず気持ちを吐き出せる課題から入ることだと思います。若い人の感性は豊かです。それを引き出すのが指導者の役目であり、彼らが川柳の魅力に触れる第一歩だと思います。

Q 新聞投句で作句活動をしていますが、いくら佳い句でも三か月に一度くらいしか選ばれないと聞きました（広く沢山の人から選ぶためとか）。採用された後は次は外れると解りながら投句をする、何か腑に落ちない気がしますが如何なものでしょうか。

（愛知県／K・Mさん）

A 佳い句に出会うのは選者冥利に尽きるものです。飛び抜けて良い句なら連続でも私は採ります。入選しないと思いながら投句したっていい作品が生まれるわけがありません。絶対に選者を唸らせてやる気構えで作句してください。

Q 時折、「あれ、これはいつか前に誰かが詠んだ句ではないかな。投句すべきか、せぬべきか。もし勘違いなら日の目を見ずにずっと埋もれてしまうことになるし、逆に悪い方の勘違いだと盗作になるし、困ったなぁ」ということがあります。どう判断したらよいでしょうか。投句すべきか、すべきでないか。ご指導願います。

（匿名希望さん）

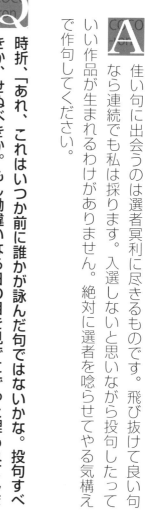

A どこかで見たかも知れないと思えば潔く捨てるべきです。もしそうでなかったとしても同想句のありそうな作品は、埋もれてしまったって惜しくはないでしょう。誰も詠んだことのない句を産む（難産でも）ことが大切です。

Q とある句会である選者のひどさに失望しました。自分で抜いた句の漢字が読めない、ろれつが怪しい。サッカーの審判のようにA、B、C級の公認テストをして欲しいです。いい句なのに、選者が壊しています。

（匿名希望さん）

A 残念ながらそういう場面、無きにしも非ずです。川柳は遊びだというう気持ちが体に染みついている人と、文芸として高めようとしている人との落差は大きいかも知れませんが、人それぞれの価値観を否定するのは難しいこと。あなたのお気持ちは痛いほどわかります。その気持ちを持ち続けていくことで、川柳界も変わっていくと信じます。あせらず、くさらず、いい作品を生み続けてください。選者認定試験、あった方がいいと私も思います。

Q 句会の題の出し方についてお尋ねします。次の句会までの宿題として出す場合と、句会当日、席題として参加した時点や即吟のようにある一定の時間内に提出するケースもありますが、それぞれの特色やメリット等についてご回答頂ければ幸いです。

（茨城県／A・Fさん）

A じっくりと考える時間のある兼題と、瞬発力と集中力が要求される席題とはそれぞれ得手不得手があるようですが、どちらも作句にとって大事な要素なので、句会には席題も必ず取り入れて欲しいものです。席題が苦手だからと、わざわざ席題のない大会を選ぶ人もいて、もったいない気がします。チャレンジ精神こそ川柳魂ですよねぇ〜。

Q 初めての句会で私の句が読み違いされました。ややあって訂正して下さったのですが、事前投句だっただけにショックでした。他の方は「句意が全く違ってしまうから即、大きな声で訂正すべき」と言われるのですが、こんな時、どうしたらいいのでしょうか?

（大阪府／M・Rさん）

A 選者だって人間です。緊張して読み違いをされることだってあるでしょう。事前投句なのだからゆっくり目を通しておけた筈と思われるでしょうが、訂正してもらったのだから良しとしましょうよ。他人は親切ごかしに好き勝手を言いますが、初めての句会で大きな声で訂正するのは勇気の要ることだし、場の空気を壊して白い眼で見られないとも限りません（初心者なら尚更）。――次回からの対策をお教えします。なるべく前の席に陣取って、小さな声でも選者に届くようにすることです。

Q 大会の時、選者が披講の際に呼名を待たずに句の解釈や説明をされます。リズムが壊れ、時間もかかります。こんな時はどうしたらいいのでしょうか。

（福岡県／Ｊ・Ａさん）

A　この質問は大会主催者側からなのか。それとも大会の参加者からなのか。主催者側ならばその選者を選んだ責任があるのですから、次回から留意する他ありません。参加者側なら主催者側に耳打ちされるのも方法かと思いますが、その場での改善は難しいでしょうね。いずれにせよ、選者資質も含めて厳しい問題で、選者を育てなければ川柳のレベルアップにつながらないと常々感じています。

Q　大好きな川柳を若い年代の方々へ伝えたいです。川柳の指導者になるにはどのようにすればよいでしょうか。

（山梨県／M・Yさん）

A　若い人へ伝えたいことと、指導者になることとは必ずしも一致しなくていい気もします。ご参考までにこれまで私がやって来た事をい

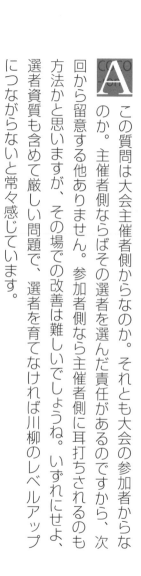

くつか挙げてみます。一つは地域の中学校で社会人教師の要請があった時、「川柳教室」で登録。中三の選択授業に思いの外沢山の参加者があり、授業（国語の単位になる）ということもあり熱心に受け入れてくれました。この中から将来一人でも川柳を目指してくれたら、と楽しみでもあります。二つ目は成人層へのアピールとして職場の集会や地域の催しなどがあるごとに、川柳は社会人でも主婦でも出来て、お金も時間もかからないということをPRしています。川柳を広める第一歩は指導者よりも若い人の心をとらえることだという気がします。

Q　七十歳で初めて川柳を詠むことになり、約一年になります。新米で言うのもおこがましいのですが、同じ句でも選者の感性や体験などの違いで評価が異なるのは当たり前なのでしょうか？

（東京都／U・Iさん）

A 川柳は文芸です。数学のように同じ答え（評価）になる方がむしろ少ないのではないでしょうか。本誌の「読者柳壇」を見てもわかるように、四人の選者の特選句が全く同じという句にはまだ出合ったことがありません。中には殆んどの選者が推されるという優れた作品もありますが、だからと言ってどの選者からも抜けた句がすべて優秀だとは必ずしも言えません。万人に共感されるが故に、個性は弱いという句もあるからです。以前にもこの欄で「共選で特選と没句に別れた句をどう解釈したらいいのか」という質問がありました。それは少なくとも平凡ではない句と言えるでしょう。川柳を人の顔に置き換えてみてください。造作は同じでも印象も好き嫌いもそれぞれです。ならば川柳の評価の基準は？　と思われるでしょうね。ある人に「五年続けてやっと川柳の入口」と言われたことがあります。沢山の「？」を抱いて継続することが川柳に近づく道のような気がします。

Q　自分の川柳を職場の方々に見せたら、狂句のように添削されて戻ってきました。川柳の文学性を伝えたいのですが、とても難しく悩んでいます。川柳教室も一度やりました。

（高知県／J・Aさん）

A　世間一般の川柳のイメージはまだまだそんなものです。川柳を始めた頃の自分を振り返ってみても、文学性などを意識したでしょうか。

私は〝心を詠む〟という時実新子の言葉にひかれて、そのスタンスでやってきていますが、初めて出会った川柳がサラリーマン川柳という人も多いのです。〝川柳は文芸だ〟と声高に叫ぶよりも、自分の作品で訴え続けることだと思っています。私の句集も友人、知人に見せたら必ず〝これ、川柳じゃない〟と言われます。その時がチャンスです。〝これが川柳ならやってみようかな〟と言わしめたらしめたものです。ささやかな教室もいくつか開講していますが、少なくともそこに集う人たちには自分の川柳を伝えようと頑張っています。難しく悩んでいる暇に一歩でも二歩でも、あせらず踏み出されたらいかがでしょうか。

Q 前衛川柳とは既成の概念、風習を打破し…云々とありますが、その「既成の概念」「風習」とは何のことですか。ご教示くださると伝統川柳作句の参考になります。

（岡山県／T・Tさん）

A 前衛芸術で一般的なものに前衛書道がありますが、川柳では『川柳カード』というグループがそれに近いと思います。『川柳マガジン』

の高瀬霜石氏選では「胸底の闇に無数のアドバルーン」「あんたがたどこさ相対理論」など、言葉ではちょっと説明しにくい作品たちが「既成の概念」にとらわれないと言われるのだと思います（もっと高尚な理念があるのでしょうが）。古くは山頭火だってあの時代では前衛だった筈です。

Q ある大会で入選句の下五の意味がわからない時があります。上五・中七に続く下五が突拍子もない上に関連しない表現なのに入選していました。私の下五の見つけが悪いのでしょうか。

（福岡県／O・Kさん）

A これは私も初心の頃にもった疑問です。けれど最近はそういう句に惹かれるようになりました。ただ意味性を追求しているだけでは十七音の世界の限界を感じてしまうのです。意味はわからなくても伝わるもののある句を拒否するのはもったいないことです。アタマではなく体のアンテナをいっぱい広げて作品をもう一度味わってください。

良い人をそろそろやめる七ならべ　杉山昌善
これくらいな嘘なら許す唐辛子　小豆沢歌子

Q 革新系といわれる方の川柳がちんぷんかんぷんで解らないのですが、どうすれば解るようになりますか?
（岡山県／I・Kさん）

A まずは無理に解ろうとするのではなく、こういう作品もあるのだなあ、と素直に受け止めることから始めましょう。ピカソの絵も前衛書道も意味を理解するのは難しい（少なくとも私には）ですが、感じることは出来ます。川柳は言葉の文芸なのでつい頭で解ろうとして挫折する句もあります。そのときは感じるという鑑賞法を用いてみるのです。心を開いて接することで、感じるものが生まれてくることがあります。それでも何も感じとれないなら、それはそれでいいんじゃないですか。出会ったもの全てに恋する訳でもないし…。

Q 抽象的な川柳作品も鑑賞出来るようになりたいのですが素養がなく、この解釈であっているのか、誰にも相談も出来ずに正解がわからないでいます。そもそも芸術や文学に正解があるのかもよくわかりません。

（埼玉県／N・Nさん）

A 数学のような正解がないのが文芸ですが、鑑賞力は必要です。素養がないと決めつけずに優れた作品に多く触れることで養ってください。相談よりも感想を語り合う仲間がいればいいですね。

Q どうして川柳は他の俳句や短歌とくらべて低く見られるのでしょうか?

（兵庫県／S・Nさん）

A 短歌の歴史は古く万葉集に遡り、連歌から俳諧、俳諧の発句が俳句に、付句の修練として生まれた前句付が川柳へと変遷してきました。大雑把に言うと川柳は一番新人ということになります。しかしそんなことは問題ではなく、私見として述べるなら川柳人は勉強しない人が多い、に尽きると思います。六大家どころか柄井川柳も知らず、ただひたすら川柳を作り続ける人がいるのです。

「季語を覚えなくてよいから」と川柳を選んだ人もいます。自分の入選句以外に関心がない人もいます。せめて川柳の歴史を学んで欲しいと思います。『川柳マガジン』では特集でよい記事を掲載しています。ちゃんと読んでもらっているでしょうか。レベルをあげるのは川柳人でしかありません。

Q **今まで作った川柳をパソコンに入れて整理しています。自家製の句集を作ろうと思うのですが、自分の記録的な意味もあり作成順に並べようと思います。実際にもし句集を作るとしたら他の順番の方が良いのですか？**

（群馬県／K・Kさん）

A 一番オーソドックスなのは年代順に並べる形式で上達の歴史もわかりやすいかと思います。鑑賞にも親切な方法です。しかしもっと個性的に好きな句、自分らしい句のみ選ぶ方法、季節ごとに並べる等、さまざまです。一生に一度の句集なら作品数も多くなるでしょうが、他人に読んでもらおうとするなら、読み手が主役であることを忘れないように！

Q **先日、芥川賞をもらった黒田嬢の横書き小説を読んで、大変新鮮さを感じました。句会での投句はともかく、句誌を横書きに編集したら面白いと思うのですが（それだけでかなりイメージの違う句になります）。ＷＥＢ川柳あり、メール投稿ありの川柳、柔軟に考えてもいいですか。**

（岡山県／Ｍ・Ｎさん）

A 私は手紙でも横書き、川柳を始めた時もごく普通に横書きしていました。その句帳を見て〝えっ横書きしてるの？〟と驚かれたこともよくありましたが、今もその習慣は変わりません。柳誌などは長い歴史があるので、まずは自分の句集を横書きにしてみられたらいかがですか。きっと斬新なものができますよ。トライ、トライ！

Q 大会で何度か選者をしましたが選句の時間が足りず、また、披講の時には早口になってしまいます。落ち着いて選をするにはどうしたらいいでしょうか？

（福岡県／J・Aさん）

A 選句というのはおおむね限られた時間内ですから、これは師（時実新子）から教わった方法ですが、まず最初に三つに区分します。①迷わず没、②迷った句、③迷わず入選。コツは②を多く残しておくことです。ここで指定された選句数の調整をします。①についてはもう一度見直すことはほとんどありません。自分の直感を信じないとパニックになってしまいます。披講では早口になるのは緊張と不安があるからだと思います。ギリギリまで選をするのではなく、選んだ句をゆっくり読み返す時間の余裕を持つことが不可欠です。時間が足りないとの発言は提出句に失礼になりますので、一日も早く克服してください。

Q 川柳を指導する人が少ないのは何故ですか。結社に入っている人は七十歳代後半の人が多く、まもなく存続できなくなります。（山形県／M・Yさん）

A 川柳はもともと楽しむもので、ちゃんとした指導体制にはなっていなかったからではないでしょうか。最近ではカルチャースクールなども沢山開かれています。学びたい人が増えれば自ずと指導者も育つものだと思います。高齢者が多いのは川柳界の特徴かも知れませんが、存続出

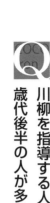

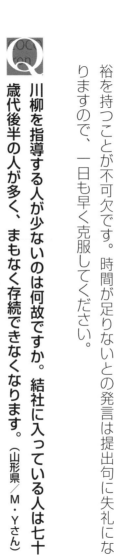

来なくなるほどの心配はしていません。次の高齢者も控えているし、人間陶冶の詩とも言われる川柳のこと、人間が滅びない限り生き残ることでしょう。

Q 仕事を持つ身で作句時間が不足で大会前日まで句がまとまりません。大会へ参加することが川柳の勉強の場と考え、大会当日の出句時間ギリギリまで作句しています。川柳のトレーニングとして効果的でしょうか。

（福岡県／J・Aさん）

A 作句方法はそれぞれ個人によって異なるので何とも言えません。追い込まれないと句が生まれないタイプもいれば、時間に追われ焦って出来ない人もいます。試験だって一夜漬けを得意とする人、コツコツ勉強する人とあり、時間の有無よりも性格ですよね。

Q 上手になるためには自分で作ること、他人の作品を読むことと言われますが、盗作をしないまでも他人の作風、気づき等を真似することになるのではないでしょうか。

（愛知県／S・Tさん）

A 最近、『川柳マガジン』誌上でも発想の似通った作品をよく見かけます。他人の作品の影響もあるのでしょうが、句会の弊害（などと言ったら川柳界にいられなくなる?）も大きいと私は思っています。課題吟で競うのですから盗作の意図はなくとも類想句は避けられません。大会や句会で優秀だった作品も羅列すると意外に個性を感じられないことがあります。課題吟はあくまで勉強の為の作句法で、川柳の真髄は自由吟にあると

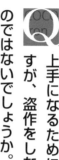

思っていますので、たとえ課題があってもそれをぐっと自分に引きつけて、自由吟のように作句すれば他人の作風や気づきを真似ることなど起こらないでしょう。上手な句よりも個性的な作品に私は魅かれます。

Q **素直なだけでは良い川柳はできないのでしょうか。**

（京都府／U・Kさん）

A これはまた素直な質問ですが、このコーナーでもたびたび登場するテーマでもあります。事実をありのまま、気持ちをそのまま素直に表現するだけならば日記でいいのであって、他人に伝える必要はありません。文芸である以上、他人の共感を得たいし、多くの人を感動させる作品こそ、名作として世に残っています。人間は素直でも、川柳眼ではちょっぴりワルを楽しんでみてはいかが。

Q **大会などで選者を受けると無記名にもかかわらず結果として選句が自分の仲間内や親しい方の句に集中することがよくあります。これは仕方のないことなのでしょうか？**

（富山県／S・Zさん）

A 確かにそういうことがよくあって何か釈然としない時もありますが、同じところで学ぶ仲間は作品も似る傾向があります。選者としても自分のカラーの句についい目がいってしまうのでしょう。しかしだからこそ苦手とするジャンルやあまり好まない（好き嫌いでするものではない）句にもしっかり目をやるのが選者の務めです。

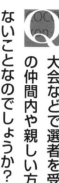

Q　芥川賞や直木賞には三十歳代の若い女性が最近数多く受賞され華やかですが、川柳界はどうでしょうか。ＡＫＢやももいろクローバーＺとは言いませんが、「川柳ガール」の出現を待ちこがれています。

（福岡県／Ｋ・Ｂさん）

A　あなたにとって川柳とは何なのでしょう。確かに若い女性が注目を集めるとその世代の人たちも振り向いてくれるかも知れませんが、だからって誰もが作句出来るわけではありません。小説は読者があって成立しますが、川柳は読んでもらうだけでは発展しません。「川柳ガール」なんて、川柳さんが聞かれたら嘆かれると思いますよ。

Q　今後川柳に若い世代が台頭する為には何をしていかなければならないでしょうか？

（東京都／Ｉ・Ａさん）

A

古い人ばかりが選者をするから、若い人が伸びないという不満（意見？）はよく耳にしますが、文芸には定年は無いし、古い良さを捨て去って発展するとも思えません。けれども、思いきった冒険は必要だと思います。

まあ、殆どの人がそれを職業としている訳ではないのですから、柳歴や肩書にこだわらず大会の選者にも若い力を導入して、成長を見守ることも大切かと思います。お互いが、お互いの世代を否定していたのでは、明るい未来は来ませんよぉ。

二人の師　I

◉橘高薫風先生

先生との正式な出会いは「朝日カルチャー川柳入門講座」だが、その前に確か番傘の大会でお目にかかっていた。私の胸につけていた名札を覗き込むように見られるので〝何で？〟と思った記憶がある。その謎が解けたのは随分時を経てからである。はじめて「なにわ柳壇」に投句して、薫風先生に採っていただいたのが

病室で明日咲く蕾数えてる

だったのだが、どんなに投句数が多くても初投句者はすぐにわかることを、自分

も選者になって知ったので、十数年も前の、あの時のシーンが〃あっ〃と思い出されたのである。多分先生は〃あんさんかいな〃と、私の名札を見て思われたのだと思う。それからしばらくして「川柳入門講座」を受講することになったが、入門講座の筈なのに、十年以上の人たちが多くて、家族のような和やかな教室だった。葉書に書いた句を先生の御自宅へ投函し、次の講座で返却してもらうのが宿題で、私は毎回十句くらい提出していた。そして添削された葉書を受け取るのが、まるでラブレターのようでわくわくした。ある時、先生が直に手渡されず、誰かがそれを配っていて私の葉書を見て大声をあげた。

どうやら五句という決まりだったらしいが、そんなことを知らなかった私の句に、先生は何もおっしゃらず、全部朱を入れてくださっていたのだ。本当に貴重な葉書だったのに今は行方不明になってしまっている。

教室の後の食事会では、食の細い先生は〃あんさん若いから〃とさり気なく私の皿に移される所作がスマートで、粋な人だなあと感服しながら美味しくいただいていた。たまに二人でホテルの喫茶ルームでお茶をするのも嬉しいひとときだった。いつだったか愛用のカバーもボロボロの古い広辞苑をくださったのだが、ページを繰ると花栞やら、意味深なメモなどがはさまれているので、先生に伝えたら〝まだおましたか。全部のけたつもりやったんやけどな〟と悠然とおっしゃり「今業平（在原）」の片鱗をのぞかせられた（先生、広辞苑くらい私も持ってます！）。

そんな楽しい川柳生活を送っていたある日先生から〝時実新子が講座を開くことになったから、あんさん行ってみなはるか〟と紹介された。しかし、それは川柳講座ではなかったので物足りなかった。そう思っている人も多かったのか数回目から十五分だけ川柳を取り入れることになり、その十五分で〝私の求めていた川柳はこれだ〟と直感してしまった。

個性の強い人間の集う川柳界で、後々さまざまな出来事があったが、薫風先生とは楽しい思い出だけである。ありがとうございました。

橘高薫風師逝く

あんさんは新子のとこへ行きなはれ
新子はボクのともだちやから
新子ならあんたのパワー受けとめる
師のことば昨日のように花水木
いただいた辞書からはらり花栞
旅立つ師檸檬ひとつを友として

コンプレックスについて

COCO論

COCO論

Q 私の周りには余りにもレベルの高い柳人が多く、常にコンプレックスを感じます。感性が乏しいのかスタートが遅いのか、先行きが不安です。

（京都府／H・Rさん）

A 周りはレベルの高い人が多いなんて、嬉しい環境ですね。テニスだって上手な人と組んだら上達が早いと言われるので、厚かましい私は、何でも自分より上の人の中へ入りたいと思うところがあります。けれどもそれでは下手な人と組んだ人はえらい迷惑ですよね。

でも世の中、そんなに単純なものではありません。どんなにベテランでも、初心者のフレッシュな感覚に脱帽することはよくあります。お互いの長所を吸収しあえばいいのであって、スタートの遅さを気にすることはありません。それだけ人生経験は積んできたのですから。

感性が乏しいのだろうかと思うなら(多分に自己弁護のような気もしますが)、川柳以外の日常も楽しんでください。いっぱい本を読んだり、音楽を聴いたり、美味しいものを食べたり……。感性は磨いてやらなくっちゃあ!

Q 句が抜けた、抜けないとトップが気にしています。全没のときは息苦しいです。

(愛知県/I・Tさん)

A トップでなくても句が抜けた、抜けないと気にする人が多いのは確かです。

成る程、多勢の前で呼名する快感はやみつきになるかも知れません。それが句会参加への大きな動機づけのようですが、句会は句を磨くところという意味あいを忘れてはならないと思います。

全没を気にするあまり〝今日は選者が悪かった〟などという声が聴こえてきたりして、恥ずかしい限りです。

全没は次回へのチャレンジの機会を与えられたことなのに、それを気にするようでは川柳人として大きくなれないのではないでしょうか。

Q　心の師と思っていた方に、思ってもいない一言を言われ、落ち込んでしまい川柳が全く浮かばなくなりました。こんなことで川柳を辞めたくないのですが、どのように気持ちを持てばいいのかわかりません。

（山口県／Y・Rさん）

A　川柳に限りませんが、師を尊敬してこそ上達するということはあると思います。特に川柳は、好きな選者だと無理なくいい句が出来るという人もいます。まして心の師となればなおさら作句意欲も湧いたことでしょう。

しかし師も人間です。近づけば欠点も見えてくるし、いつまでも蜜月が続くとは限りません。

そんな時こそ、辛い気持ちを詠むのが川柳ではないでしょうか。シアワセすぎる時には、人の心を打つ作品は生まれないようです。

Q ある会で受付のお手伝いをさせていただいていたら、そのことについて遠まわしに嫌味を言われました。良かれと思ってしたことがよくわからないしきたりで戸惑っています。

（大阪府／T・Jさん）

A 何事も組織となると縦社会の慣習があります。新参者だからこそお手伝いをしなければ、という善意であったとしても、単なる出しゃばりになってしまったり、受付という名誉（?）な役割を勝手に引き受けるなど、厚かましい奴だと思われたりします。
独り善がりで行動するのはトラブルのもとですから、とりあえず先輩に声をかけてみましょう。申し出てくれれば助けて欲しいことだってあると思いますよ。

Q **結社内で別の人が作った句と全く同じ句を作りました。その場では笑って終わったのですが以来、また誰かと同じ句を作ってしまうのではないかと怖くて川柳が作りにくくなりました。**
（山口県／Y・Rさん）

A 結社内で、しかもすぐにわかって笑い合えたからよかったものの、大会で賞をもらった句が既に他の人が発表していた句だったということもあります。その都度盗作か暗合かという議論も起こりますが、そういう場合は文句なしに先人に句を譲らなければなりません。以前にも似たような質問があり、盗作は論外として、この問題を一〇〇%解決する方法はありません。但し誰かと同じ句が出来てしまうということは、発想が平凡だとも言えることなので、第一発想を捨てる、自分の言葉（オリジナル）での作句を心掛けることだと思っています。作句方法については新家完司氏の『川柳の理論と実践』を参考にされることをお薦めします。丁寧でわかりやすくためになりますよ！

Q 私はどこにも所属せず、当分はフリーを希望しています。色々な結社の方にお世話になっているので一つの結社に絞りにくいのです。この考え方は結社にいる方からしたらあまり良くないのでしょうか？

（愛媛県／A・Sさん）

A 川柳界も新人発掘が大きな課題です。自分のところに所属して欲しいというのが本音かもしれませんが、そんなことは関係なく新しい人の面倒をよく見てくれる伝統（？）があります。

私も沢山の方のお世話になってきましたが、そういう義理で言うと、とても一つの結社に所属することなど出来ません。あまりにも常識的な枠に縛られてしまうと、文芸は成り立たない気がします。フリーの立場も決して悪くありませんが、それぞれの結社の違いなどを会得するうちに、自ずと道は絞られてくるのではないでしょうか。

Q **おかしいと思うものを「おかしい」と指摘したら煙たがられるようになりました。いい方向に変わって欲しいと思って言ったのに、快く思われませんでした。**
ただの誌友は会のことなどは黙っておく方がいいのでしょうか。

（山口県／S・Sさん）

A これは川柳界に限ったことではなく、世の中、間違いを糺すのはむづかしいものです。

けれども直球では弾かれてしまう意見も、カーブにするとすんなり受け入れられるということもあります。ただの誌友などと僻む（失礼）ことなどありません。沢山の誌友に支えられて会は成り立っているのですから。

Q 自分の句で、良いと思っている句より、少し出来が悪かったかも？　という句の方が評価していただくことが多く、自分は今後、句会などで選者に声をかけていただいても辞退するべきではないかと悩んでいます。

（広島県／O・Tさん）

A 自選は難しいものです。大切な句集を作る時に師や他の先輩に句を選んでもらう人が多いのもそれ故かもしれません。自分の句には思い入れという色眼鏡がかけられているので、他人の評価とは違っても不思議ではありません。そんなことで悩んでいるよりも選者を引き受けて、しっかりと他人の句と向き合うのも貴重な経験です。

Q 先日初めて句会で選者を経験したのですが、終ってから部屋の端の方で私の選に対して何か言っている人たちがいました。それ以来不安で選が出来ません。何か気持ちの持ち方などあるのでしょうか。

（匿名希望さん）

A 川柳は数学ではありません。選者の個性が入ってこそ面白くなるものです。私など〝あんた、わしの句むづかしすぎてわからんかったやろ〟とか〝漢字よう読まんかったんと違うか〟と面と向かって言われたこともあります。〝こころが選者か。今日は全没やなぁ〟と聞こえよがしの声も飛び込んできます。けれども〝こころさんに採ってもらって何より嬉しかった〟と言ってくれる人もいます。まあ選者は叩かれてなんぼのものですから、私なら不安どころか〝ヨーシ、頑張るぞ〟とファイトが湧きます。

Q　何度か私の句を他の方に発表されました。私は地方誌、その方は全国誌に。すると、もう私の句は全国誌に発表された方の句になってしまうのでしょうか。

（匿名希望さん）

A　私の苦い経験からお話します。みなさんが川柳に入り込むきっかけになったのは新聞投句でいきなり入選したとか、大会で賞をとったなど華々しい経験をお持ちなのに、私の川柳デビューは教室のメンバーと全く同じ句を作ってしまったことでした。お互い初心者なので「わぁ、同じ、同じ」と喜びあって、今思い出しても汗顔の至りです。

十七音の世界ですから、こういう偶然も無きにしも在らずですが、もう一つ苦い経験がありました。

新聞の選者になって間もない頃、入選した句が既にほかに発表されている他人の句と同じだという指摘を読者の方からいただきました。それも三句もです。私は絶句しました。

以後、その人の作品は採用しないというペナルティを課していますが、いまだに同じようなことをしているそうで、それをわかりながら容認している川柳界の不思議を思わないではいられません。だから今回の質問のようなことも起こるのではないでしょうか。

たとえ本人に罪の意識が無いとしても、刑（？）は免れるものではありません。この方の場合、明らかに自分の句が先に発表されているのですから全国誌に載った方が無効ということになります。

全国誌ならなおのこと、その事実を公表して抹消する義務があると思います。本人の為にも川柳界の為にも、その試練をくぐって欲しいと切に願います。過去に三回も盗作の事実を突きつけられながら、新聞紙上で公表することをためらってしまった甘さを、私はいまだに引きずっています。

今回は大変重要な課題なので、少し長く回答させていただきました

Q　パソコン上で十人ほどが川柳を出し合って互選するサイトで私の句が盗作と非難されました。身に覚えがありませんが活字になった句はすべてチェックしなければならないのでしょうか。

（兵庫県／J・Kさん）

A　ハハハ、だいぶ頭にきておられるようですね。「活字になった句はすべてチェック」なんて出来る訳がないじゃないですか。最近パソコン上での句会も盛んなようですが、メカ音痴のワタシは一切タッチしておりません。パソコンに限らず、自分の句が既に発表されているものと同一

（または酷似）の場合、潔く取り消すのがルールです。第一、たとえ盗作でなくても、同じ句があるというだけで、独創性がないのですから、未練なく捨てちゃえ、捨てちゃえ。対面重視（電話相談もある）の仕事（心理カウンセラー）をしているせいか、見えない、聴こえない対象は苦手です。パソコンとなると肉筆すら覗けません。古くから生きてきた川柳のこと、時代遅れと言われても鉛筆一本で勝負していくつもりなのだ（と、バカボンのパパも言ってます）。

Q

所属する川柳結社が増えて出句・投句に追われています。「ゆっくりと句を温めなさい」とよく言われます。少し減らして川柳を学んだ方がいいでしょうか。じっくりと川柳を考える時間がほしいこの頃です。

（福岡県／J・Aさん）

A どうしてそんなに増えるのでしょうねぇ。誘われたら全部入会してしまうのでしょうか。川柳の学び方にもいろいろあって、とにかく多作が一番、と言う人もあれば、じっくり温めて納得いく句が少しあればいいという人もいます。出句、投句に追われているとつい二重投句というミスを犯す危険もありますヨ。まぁ、川柳に振り回されないことですね。主役はア・ナ・タ。

Q 年とともに辛い経験が重なって忘れられません。「川柳によって悲しみを昇華できた」という方の話を耳にします。が、私の場合は一時忘れられてもまた悲しみが頭をもたげます。よろしくアドバイスをお願い致します。

（群馬県／S・Iさん）

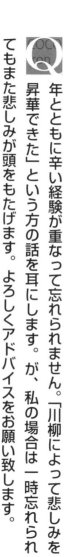

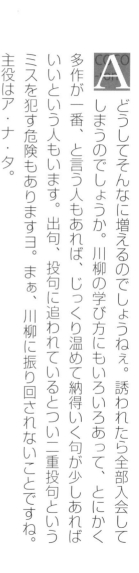

A 年を重ねるということは、辛さとの遭遇なんだと実感させられることが多くなりました。様々な喪失感に耐えなければなりません。私はそれを死への準備期間と考えるようになりました。心も体もハッピーハッピーで死を迎えることは多分出来ないでしょうから。そんな時でも川柳はひとときの充実感を味わわせてくれます。悲しみは悲しみとして受け入れて、川柳でその気持ちを吐き続けることが〝生きる〟ことなのかも知れません。

Q 降ってくるように句が浮かんでいたのに、今では全く浮かばず、ああでもない、こうでもない、と苦しい思いをしています。そのため、昔の半分も作品が出来ず、いつもギリギリです。降ってくる時に何か努力をしておけば良かったのでしょうか。今更ではあるのですが、過ごし方を間違えたのではと後悔しています。

（大阪府／T・Tさん）

A 私も一晩で百句も産み出した時期もありましたが、今はとてもとても…。でも体力だって若い頃と比べるべくもないのですから、昔と比較すること自体が不自然です。むしろ苦しんで誕生した句の中に、多作時代にはなかった深さがあることに気づいてやってください。

Q 自分の信念が大切だと思いつつ、それでも人の評価に流される自分がいます。作品に芯がなければ個性は出ないと考えますが、他人様から見ても「良い」と思われるものでなければ句会に行く意味も無いような気もします。どうすれば揺れる気持ちのバランスが取れるでしょうか。

（大阪府／K・Sさん）

A 川柳句会は自分の勉強の為の場であって、他人に評価されなければ行く意味がないなどと思っていたら、いつ迄たっても参加出来ないでしょう。作品に芯がなければ個性は出ないというしっかりした考えを持ちながらも、他人の評価が気になるというのも人間です。揺れる心を認めつつ自分の信念のもとに研鑽を積めば評価もついてくると思います。

Q 入選したい！　入賞したい!!　そればっかりがグルグル回って空しさにおそわれています。それでいいのか天に聞く!!　神様は沈黙!!

（岡山県／T・Tさん）

A 入選するにはいい句を作らねばならないことくらい誰でもわかる筈です。そしていい句を生み出す為の一番悪い方法をお教えします。

それは入選したい気持ちばかりが強いことです。やさしい神様はそう言いたかったんだと思いますよ。でも、こんなに率直に心をさらけ出せるなんて、川柳センスがあるのかも？

Q 友人に私の句はポリシーがないと言われました。色んな人の影響を受けながら作句しているからだと思うのですが、まだ川柳を始めて二年足らずです。ポリシーなど今から必要でしょうか。好きだけではダメなのでしょうか？

（徳島県／K・Kさん）

A ポリシーって何年経ったから必要なんてものではないですが、言葉にこだわっておられるなら〝好きだから〟でいいんじゃないですか。それがあなたのポリシーなんだから。

Q バイオリズムのように作句に浮き沈みがあるように思えてなりません。一年周期のような気がします。

（福岡県／Y・Hさん）

A 一年周期というのはちと長い気もしますが、人それぞれそういうものがあるのかも知れません。私の場合は夜中に突然訪れるので、そんな時は眠るのは諦めて作句に集中します。最近はあまりやって来ないのでよく眠れるようになりましたが、これっていいのかなぁ？

Q 川柳に限らず、男性から見て都合のいい女性表現が多いようです。男性に迎合しているようで物足りません。そういう作品でないと掲載されないのでしょうか。何だかすっきりしません。もやもやします。

（埼玉県／Kさん）

A そうかなぁ。少なくとも私にはそうは感じられません。男性作家の多い時代にはそうだったかも知れませんが、現在の川柳作家をみても多くの女性が活躍しています。もやもやしてずに、そうでない佳句をどんどん生み出すことです。掲載される、されないはひとえに作品の良し悪しにかかっています。

Q **解らない川柳をとった選者は褒められるのでしょうか、それとも責められるのでしょうか。**

（岡山県／I・Kさん）

A 難解句については色々議論もありますが、意味は解らなくても感じるもの、伝わるものもあり、それが句に深みを与えている場合もあります。ただ、本当は何もわからないのにわかったふりをして採るのはい

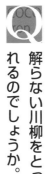

かがなものでしょうか。

Q 「川柳は人間陶冶の詩」と聞きましたが、もうひとつ理解出来ません。句会でワイワイ騒ぐのが楽しいのですが、私は陶冶されてるのでしょうか?

（岡山県／M・Nさん）

A それまで面白おかしく思われていた川柳を「人の肺腑を衝く十七音字中心の人間陶冶の詩である」と定義付けたのは川柳六大家の一人、麻生路郎です。陶冶とは才能や素質などを育てあげるという意味ですから、おのずと意図するところは伝わる筈です。

ワイワイ句会を楽しむだけでなく、この偉大な作家に触れてみることを是非お勧めします。〝俺に似よ俺に似るなと子を思い〟は『旅人』（川柳塔社）に収録されています。

Q 「句が浮かばない。出来ても他人の心を打つ句が出来ない」。こういうスランプのときはどうしたら良いのでしょうか？

（群馬県／S・Iさん）

A スランプが訪れるというのは、ある程度上達した証拠でもあると思うのです。他人の心を打つ句を作りたいなどと欲が出てくるのもそうですが、意図してそんな作品が出来るものではありません。句が浮かばない時、私は迷わず川柳から離れます。全く関係のないことをしている時にポンと生まれた作品に、命が宿ることがあります。〆切りがあるのにそんなこと言ってられない、と思われるかもしれませんが、ノルマでいい川柳は作れませんよ。

Q 最近の川柳界では文芸調や哲学風（自分の人生観を詠み込むタイプ）の句がもてはやされている傾向がみられますが、川柳にはもっと笑いや穿ちの利いた軽妙なものがあってもいいのでは……と思うのですが、如何でしょうか。

（茨城県／A・Fさん）

A 服装に流行があるように、どんな分野でも時代に影響される面はあります。けれども頑なに自分のスタイルを守っている柳派（人）もあります。あなたはあなたが良しとする川柳を貫かれるのも美学かと思います。

Q 選者の心得とは何でしょうか。

（岡山県／I・Kさん）

A これはよくされる質問ですが、まず自分の好みにとらわれないことです。「好きだからいただきました」などと言われると、本当にがっかりさせられます。自分では決して作らない（好みでない）句であったとしても、いい句は見逃さないように心掛けています。でも没にした作品について「こころさん好みじゃないからなぁ」と言われたことがあり、やはり自分の傾向というものがあるようで、心しなくてはならないと思わせられました。但し、一貫して採らないのは句品のない作品です。

Q 「時事」も「笑い」も「情緒」も川柳の全てが好きなのですが、余り欲張らず作風を固めて、それを深めていった方が良いのでしょうか？　よろしく御教示お願いいいたします。

（群馬県／S・Iさん）

A 私自身はどんな時も〝心〟がテーマですが、人それぞれ関心事は異なるはずですから、自分の気持ちに添えばいいのではないでしょうか。幅広くどんな分野にでも対応出来る人はそれはそれでいいと思います。

Q 川柳を行なっていて時々、俳句や短歌をしたくなるときがあります。いろいろな本を拝見していて、川柳一本化が良いと書いてあることが多いのですが、新しい発想を生むのにはいろいろなことにチャレンジすることが良いのではと感じていますが、どうでしょうか。

（岡山県／F・Sさん）

A 川柳と短歌は体（形）は違っても心は同じ、俳句は体（形）は同じでも心は他人、と聞いたことがあります。短歌から入った私は五・七・五に苦労しましたが今ではそのリズムが体に染みついてしまって、短歌は

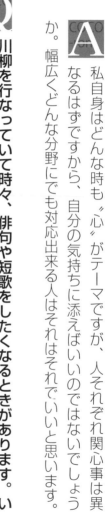

全く詠めません。では俳句はどうかと言うと心がそれを否定してしまいます。どちらも読むこと（鑑賞）は大事ですが、詠むのは川柳一本がいいと私は思っています。スポーツだって何だって一筋の強さに優るものはありません。

Q　七月号に漢字云々のQ＆Aがありましたが、私も読めない漢字、書けない漢字があるため、電子辞書は手放せません。席題の選者の方はどのような準備、心構えで臨んでおられるのでしょうか。

（広島県／匿名希望さん）

A　選者になりたての頃、読めない字が出て来たらどうしようと心配で、もちろん辞書は手離せませんでしたが、殆ど誰も読めないような漢字を敢えてぶつけてくる人もいました。文字はその必然性があってこそ、生きるものだと思います。

Q 私は湧き上がる感情をストレートに出してしまうことがあります。例えば「心友の死を乗り越えて生きてゆく」には、指導者から『気持ちは分かるが、平凡な表現が惜しい』とアドバイスされました。柔らかい深味のある句作りについて、教えていただければ幸いです。

（群馬県／S・Iさん）

A やさしい指導者だなあと思いました。私なら『ああそうですか川柳』だと言ってしまいそうです。五・七・五で気持ちを説明しただけでは、読者には「ああ、そうですか」としか伝わらないからです。「心友の死」という説明など省いて、死を見つめる気持ち、対峙した時の気持ちに集中して作句してみてください。「乗り越えて生きてゆく」も必要ありません。哀しみ、喪失感といった一点に絞ると深い句になるでしょう。

Q へっぴり腰な五・七・五を発表しているくせに選者になると俄然選評にトクトクと柳論をお披露目する御仁が居られますがどう思いますか？ 川柳はうまいが選はマズイ、またはその逆とか！

（千葉県／E・Rさん）

A へっぴり腰な五・七・五ってどんな句？ 余程選者が嫌いなんだなあと失笑してしまいました。確かに作品に惚れて期待した選者にがっかりさせられたことはあります。逆もまたしかり。仕方ないじゃないですか、人間だもの。いい方だけを尊敬して片方の眼はつぶるくらいの度量がなければ、あなたも幅が広がりませんよォ。

Q 多読多作が良いと聞きますが、川柳の先輩で、見た句に影響されるから「他人の句は見ない」という人がいます。最近サークルの席題で良い句が出来ました。ところが三年程前に他人の句に良く似た句があり、私もそれを見ておりました。頭の隅に残っていたのかもしれません。先輩の言葉をどう考えたら良いのでしょうか。

（群馬県／S・Iさん）

A 盗作のつもりではなくても類似句は生まれるもの。「多読多作」は初心者への手掛りにはなるかも知れませんが、技法を会得したらあまり必要がないように思います。他人の句からヒントを得ること事体、川柳の独自性から離れることになりますから。

Q 人の言葉というのは、発音・文法・字等いろいろ組み立てられ、コミュニケーションを広げる訳ですが、国語力を細かく指導なさる建築得意肌みたいな人は、なじるという嫌がらせになり、打撃力となることを気がつかないのでしょうか？

（京都府／K・Kさん）

A せっかくの指導をなじられると感じてしまうようでは指導者にも問題があるかも知れませんが、指導者の少ない川柳界で貴重な存在だと思えば受け止め方も違ってくるのでは？

Q 何年か前の手帳を見ると同じ様な句を今また作っています。成長のなさに落ち込みます。感性を磨くにはどうすればいいでしょう。

（兵庫県／Y・Yさん）

A たまに、随分前に出した句をまた投句する人がいます。本人は全く忘れていたようですが、生みの親に忘れられる作品ほど可哀想なものはありません。

感性以前の問題のような気もしますが、常に前向きに、好奇心を持ち続ける姿勢が大事かと思います。

Q 新聞に投句し、よく入選し特選にもなりました。しかし選者が替わった途端、殆ど抜けなくなりました。そもそも秀句佳句は選者によって変わるのでしょうか。良い句とはどんな句を言うのでしょうか?佳句が没句になり、またその逆があるなど、とまどうばかりです。作る方はどう対応すれば良いのでしょうか。

（兵庫県／I・Hさん）

A 選者にも個性があります。たまたま相性が良かったり感性に響きやすかったりします。またその逆もありで、どの選者にも等しく入選するのは余程選者研究をしているか、入選を狙った句作りかも知れません。川柳の答えはひとつではありません。結果ばかりを気にせずに、自分の軸をしっかり持って作句されることをお勧めします。

Q **事故現場を携帯で撮る人に憤りを持っています。そこで私の句は「救助せずシャッターを押す事故現場」としましたが、私の立場が誤解されかねません。正しく句意が伝わる工夫を教えて下さい。**

（群馬県／S・Hさん）

A 以前、報道カメラマンが賞をとった作品で、後にその時何故助けなかったかと問題にされたことがあります。しかし、誰もが救助出来る状況だったかどうか定かではありません。その時の咄嗟の行動を第三者が評価するのは難しいことです。せめて自分ならこうしただろうという気持ちを詠んで欲しいと思います。他人を糾弾するだけでは心は伝わりません。

Q 課題ばかり作っていると自分の素直な心がなかなか詠めません。雑詠も作りたいのですが時間に追われています。川柳に行き詰まった時の解消法を教えてください。

（福岡県／J・Aさん）

A 川柳に行き詰まったら——川柳から離れることです。しばらく遠ざかっていると恋しくて川柳の方から近づいてきますよ。そんな時こそ雑詠が沢山生まれます。

Q 孫がジュニアコーナーで名前を出していただいたことがあります。とても嬉しいことなのですが、仲間からは川柳は人生経験を詠うのだから大会などにジュニアは入れるべきでないという意見があり、困っています。

（匿名希望さん）

A 川柳は大人の文芸だという説はあります。けれども中学校の授業で川柳を担当した経験から言うと、中学生の感性は鋭く、発想も柔らかく、こういう世代がどんどん川柳界に入って欲しいと思ったものです。進学や就職で離れていっても、いつかまた思い出してくれる時を期待しているので、私個人としてはジュニアの参加は喜ばしいことだと思っています。

Q 最近、句集や小冊子を頂きます。頼んだわけではありませんが対処に悩みます。お礼をした方々の名前を見るともっと悩みます。どの程度のお礼をするのか川柳界のエチケットを教えてください。

（K・Kさん）

A 「本は買うもの」とわが師・時実新子は常々言っていましたが、川柳界での本の贈呈はままあることです。もっともその分、お礼とかお祝いをすることも多いので、余計な気を遣うより買う方が楽だと私も思うのですが、長い歴史の中での日本人のかかわり方を一概に否定する訳にもいきません。但し対処に悩むような義理のお礼ならしなくてもいいように思います。川柳は本音の文芸です。不本意だけど皆と同じにしておかないと自分だけ浮いてしまうんじゃないか、などと気に病んでいたのでは、いい作品は生まれないかも知れません。私も一面識もない方からいきなり本を送られてきて、皆さんの注文をとって欲しいというメッセージに唖然としたことがあります。頼んだ訳でも無いのに、と無視するか、読後感をしたためるか、謝礼をするか等はあなたの心の声に従ってください。

Q 川柳の世界には個人主義というか、利己主義者が先輩、指導者に多くいると見受けられる。例えば、大会での入選を工夫して新人に与えたりする育成の心を醸成すれば、今後の川柳の発展のためになるのではないでしょうか。

（匿名希望さん）

A どのジャンルもそうかも知れませんが、川柳界にとって若手の育成は大きな課題です。だからと言ってあなたの提案は？？？です。確かに大会での入選が励みになったということはよく耳にします。だけど「入選を工夫して」って、どう工夫するのですか。あなたの言う個人主義、利己主義とは先輩、指導者たちがいつも大会で賞を取っているということなのでしょうか。実は私も、ある大会で賞を獲った人が別の大会ではその時の選者を大賞にしている偶然を何度か眼にして不思議に思ったことがあります。多分たまたまだったのでしょうが、そこにもし何かしらの意図が入っていたとしたら、あなたなら許せますか。それと同じことをして、新人を育成出来るのか、川柳が発展するのか、考えただけでも悲しくなります。川柳にはなまじ大会が沢山あるので成果を気にする人も多いのかも知れませんが、小説界など年に数えるほどしかないチャンスに黙々とトライしている新人が大勢います。心から川柳を愛しているなら、もっと広い視野で……と望みます。

Q **父が高熱で緊急入院、母が付き添い私も夜は泊まる毎日。そんな生活の中で生まれる句は看病や介護の句ばかり。今、そればかり作ってしまうのは仕方がないことなのでしょうか？　父の介護の句ばかり作ってもいいのでしょうか？**

（福岡県／Ｊ・Ａさん）

A 「介護の句ばかり作ってもいいのでしょうか」と言われますが、逆に「作ってはいけないのでしょうか」と質問したくなります。川柳想父抄『ちちちる野辺の』という句集（高鶴礼子著）を頂きました。亡父への想いにあふれた心を打つ作品群です。川柳の基本は生活の中から生まれるものだからこそ、人の心に届くという面もあります。どうぞ、迷わず今の自分を詠んでください。川柳もきっと喜んでくれますよ。

Q 信頼していた知人に「いま、川柳に熱中して、種々投句もやっている」と話した所、「それで、仕事はおろそかにならないんか?」と言われ傷つきました。こういう時、どう気持ちの整理をしたらよろしいのでしょうか教えてください。

（匿名希望）

A そんなことで傷つくなんて、もっとドロドロした世界を知らないいんですね。大分前ですが「仕事が出来る女は料理も上手」というキャッチコピーが流行りました。趣味が充実していれば仕事も充実していると、私は信じますよ。一本の鉛筆があれば散歩中でも作句出来るって、その人に教えてあげてください。

Q 川柳を始めて二年余り、現在川柳講座で添削指導等を受けながら新聞、大会へ投句をし、入選する作品も出るようになりました。昨秋ある大会に初めて出席してその雰囲気を体験しました。どこの結社、会にも所属しておりません。入会する際の心得、会の選定等、助言頂ければ幸いです。よろしくお願いします。

（広島県／S・Kさん）

A 大会で感動する作品に出会ったら、その作者の所属する柳誌を読んでみるとか句会へ出るとかしてみることです。いくつかそういう機会を持つうち自分に合う場がみつかると思います。あまり慎重になることもありませんが、しつこく勧められてつい、ということは避けましょう。

Q 選者の心得について、課題吟の場合、同想句が多く見られるのですが…そんな時、相打ちとして全部没にした方がいいか、比較的優れた一句を抜くべきか、迷うのですが是非ご教示ください。

（茨城県／A・Fさん）

A 同想句は相打ちが原則でしょうが、要は作品次第で、比較的優れた程度なら抜きませんが、捨てるに惜しい句の場合は一考に値すると思います。何事にせよ、こうあるべきという尺度ばかりで測ると大切なものを見落としそうな気がします。

Q 川柳大会で入選となった句ですが、選者の解釈が全く私の考慮外のことで、少しどうかと思うような披講でした。すっきりしません。仕方がないのでしょうか。

（愛知県／S・Tさん）

A　披講の仕方で句の意味が変わってしまうこともまれにはあるかも知れませんが、ともあれ自分の手元を離れた作品が、自分とは異なる解釈をされたら自分の子（句）の別の顔を見つけてもらった、と私は思うようにしています。

Q　句会のたびに披講に悩みます。筆跡が分かって来ると人情が邪魔をしていい子になろうと悩むことしきり。正しい選のあり方等、お教えてください。

（広島県／N・Hさん）

A　筆跡で作者がわかってしまうことはままあるので、句会の弊害としてたびたび取り上げられていますが、一向に改善されないことが不思議です。前にも提案したことですが、清記選（ワープロで打つなどして）

にすれば、そんな悩みの入り込む余地はないのにどうしてそれが実現しないのかと、わたしも誰かに質問したいくらいです。しかしまあ、現実問題として、筆跡にとらわれていては邪念が入ることも否めません。真摯に作品と向き合って集中すればいいこになってる余裕などないと思いますよ。

Q 盗作について。川柳を始めた頃から私の入選句を配置換えをして投句し、入選している方がおります。大会時に私の句を直して投句したいと電話があり、断りましたが投句したそうです。屈辱感が増すばかりです。

（宮城県／S・Tさん）

A こういう質問はパスしたいのが正直な気持ちです。俄には信じ難い文面ですが、事実だとすれば情けない限りです。しかし、似たようなフレーズが重なることは短詩文芸の宿命かもしれません。屈辱感（というより、腹立ちという気がします）を味わうくらいなら正面から向き合って解決する方法があるでしょうが、それは川柳界にとっても辛いことです。

Q **どうしても出てこない。そんな日が続きやっと出来た句を書き留め、ある日読むとあらアカン、そんなスランプの脱出法はありませんか。ス〜ラス〜ラ作句出来たらいいな。産みの苦しみの毎日です。**

（兵庫県／Y・Tさん）

A どうも簡単に「スランプ」と決めつける人が多いように思います。お天気だって晴ればかりではありません。雨の日も曇りもあって当たり前。川柳だけがいつも晴天の筈がないのに、スランプだの、産みの苦しみだの勝手に悩まないで、今日は雨だからお休み、くらいに考えたらどうでしょう。いつもス〜ラス〜ラ作句出来ていたらすぐに飽きてしまって、柳歴三十年四十年なんて人がいなくなってしまいますよ。

Q 尊敬する方がいる会に出席したいのですが、その会にいる一部の方が苦手で、毎月は出席できていません。直接何か言われたことは無いのですが…。

（埼玉県／N・Fさん）

A 川柳が座の文芸である以上、人間関係を無視することは出来ません。もろもろの感情も句作りには良い材料です。み〜んな大好き人間よりも、好き嫌いの激しい人の方が川柳向きでは？（これは全くの私見です。）

Q **川柳には人間性が出ます。私は「笑い」や「諷刺」が好きなので、ともすると品格に劣る作品が出来ます。選者様に人格を見抜かれると挽回は難しいのでしょうか？**

（S・Iさん）

A 他の項でも「句にも品格がある」と言いましたが「笑い」や「諷刺」は品格に劣るなどとは一言も述べていません。上質の笑いはとても高度なものです。絶対にしてはならないのは他人を誹謗中傷することで、川柳を貶めるものでもあります。爽やかな笑いやピリッとした中にも温みのある諷刺にこそ品格はにじみ出るものです。川柳は詠む人に元気（勇気）を与えるものだと私は思っています。

Q 「新聞投句する人は自己顕示欲が強い」と知人に言われたので「自己研鑽のために行なっている」と反論しました。しかし納得してくれません。こういう人は文芸の話はしない方が良いのでしょうか?

(群馬県/S・Iさん)

A 新聞投句に限らず、川柳を嗜む者は多かれ少なかれ自己顕示欲は強いですし、それが悪いとも思いません。「自己研鑽のため」などと堅いことを言うから抵抗されるのでしょう。但し納得してくれないから話をしない、では会話は消滅してしまいます。本来わかり合えないところから出発していることをお忘れなく!

二人の師 Ⅱ

◉時実新子先生

新子先生との一番の思い出は、豪華客船で「洋上川柳講座」をされる先生に同行した三週間の船旅である。テレビ番組「お宝鑑定団」で〝これが高く売れたら豪華客船に乗りたい〟とよく言っているあの豪華客船「ぱしふぃっくびいなす」の処女航海だった。船内はピカピカで美しく別世界のようだった。川柳講座は殆ど毎日あり、一緒に乗船した川柳大学会員三名がアシストをしたが、無料で先生の講座を聴けるなんて、高額な旅費を心配してくださった曽我碌郎氏（新子先生の夫）に〝そんなこと気にしないでください〟と伝えたい程、ぜいたくな時間だった。作家の山田太一さんも受講されていて、集めた句箋からちゃっかり太一さんのそれをいただいて来た（きれいな字だった）。昼間お手伝いをしたからと、夜、お茶室で四人だけの句会も開いてくださり、本当に夢心地（こんなことはもう一生ないだろう）だった。先生は

こころ早口半分だけわかる

同室だった宮内ひろこさんは、

見たぞ見たぞ足で引き出し閉めるとこ

と、私の横着を暴露したりと緊張の合間には土匪吟を楽しんだりした。そして傍で見学していた先生の娘さんの言葉も忘れられない。〝小さい頃から運動会にも来てくれず（川柳優先）、私に母は居なかったと思ってきたけれど、こんなに皆

に尊敬され慕われている母を見て母への気持ちが変わった〝と涙ながらに言われたのである（その娘さんも先生の後を追うように亡くなられてしまった）。

それから十七年後、定年退職した夫を説得して再び同じ船（ぱしふぃっくびいなす）で九十七日間の世界一周旅行をした。乗船した第一印象は〝びいなすよ、お前も歳とったなぁ〝だった。あちこちに先生との思い出を嗅ぎながら尾藤一泉さんの「川柳講座」に参加した。私が新子先生の弟子だと知ると〝東の三柳（尾藤）の息子と西の新子の弟子がこの船上で交わるなんて〝と感慨深げだった。

新子先生は本音で物を言われるが、それで傷つく人にはとてもやさしかった。

すみれはいいなぁ傷つくからといたわられ

とは、川柳新子座で詠んだ私の句だが、私はやっぱり厳しい先生の方が好きだった。〝上手な句ですね、と私が言うのはほめ言葉ではありませんよ〝と、先生はよくおっしゃった。〝悪口大好き！〝というのは〝本音を出しなさい〝ということである。〝こころさんの手紙は用件のみで愛想がない〟とよく言われた。個人通信の自分宛ての返信すら〝「宛」にすると「様」と書き直さなければならないから、はじめから「様」と書くよう〟と言われる程、お忙しい先生に、余計なことなどとても書けなかった。そんな可愛気のない弟子が突然「朝日柳壇　和歌山版」の選者を仰せつかった。本人はもちろんびっくりしたが、周囲の反応も敵意に満ちていた。〝ようまあ先輩たちを差し置いて引き受けたこと。私なら絶対に辞退する〟という声が一番多かった。けれども〝私はまだまだ力不足です〟などと言おうものなら〝じゃあ、こころさんはあなたを選んだ私の眼が間違っていると言うの？〟とおっしゃることは目に見えているので、黙って耐えるしかなかった。あれから十数年、私も教室を持つようになって、先生の教室（大阪・神戸の両方とも通った）で学んだことがどんなに力になっていたかを実感している。今なら心を割って先生と話せるのになあと思うことが多々ある。先生、先生は男性に甘かったですね。私もそうらしいです（生徒さんに言われます）が、仕方ないですよねぇ、女ですもの。

時実新子先生逝く

星落ちる音がしました午前四時
吐息三秒もうおしまいと師の声のする
春の雪大きなものを渡される
カラカラと赤い鼻緒の下駄の音
月夜には戻ってきます月になり

このカベを越えるには

COCO論

COCO論

Q 句は数多く作るのですが読み直すとつまらない句で捨ててしまいます。「これは」という句が出来てもほとんど抜かれません。川柳とはこんなことの繰り返しでしょうか。

（埼玉県／Ｋ・Ｍさん）

A 自分がつまらないと思う句、これはと思う句と、他人の評価とは必ずしも一致しません。

自分勝手に捨ててしまった句の中に宝があったかも知れません。川柳は座の文芸です。一人で取捨選択せずに（もちろん自選は大切ですが）、教室や句会で評を仰ぐのも方法です。それから〝抜ける、抜けない〟ことに拘る人があまりに多い気がします。それ以前に自分の想いを表出できたか、他人に想いが伝わったかというところを軸に、作句して欲しいと思います。

Q 川柳はシニカルな面もないと面白くないのですが、対象に対してどの程度まで表現してよいのか教えて下さい。

（広島県／W・Rさん）

A 「シニカル」と片仮名表記すると何となくスマートなイメージですが、日本語に訳すと「皮肉な表現をとるさま。冷笑的」となります。川柳にユーモアは必要な要素ですが、皮肉ったりおちょくったりすることをユーモアと解する人もいて、残念です。

私の姿勢としては自分を皮肉ることはあっても他人をおちょくったり、ましてや冷笑的な態度で句を詠むなどは許されないことだと思っています。川柳は「人間愛」です。批評も批判もその底に愛がなければ他人の心に届きません。

Q 課題が「飾る」という場合「飾らない」と詠んだ句は初めから選ばないと宣言する選者がいました。これが常識なのでしょうか？

（福岡県／A・Sさん）

A 常識なのかどうかはわかりませんが、私は基本的には課題には忠実に、という立場をとっています。
ただしこの場合は「詠み込み」とは異なりますので「飾らない」が「飾る」を越える佳句の場合は考慮することもあります。
「詠み込み」OKとか、必ずしも「五・七・五」にこだわらないという考え方もあり、それぞれの選者に委ねているというのが現状ではないでしょうか。

Q 「虚を実のように」の言葉を意識して作句していますが、私の意図が通じない人がいて困ります。「虚」に限度というものはあるのでしょうか。

（山口県／Y・Rさん）

A 虚実皮膜の間ということを言われます。事実の報告だけでは面白くないし、全くのフィクションでも心を打たないからです。けれども「虚を実のように」などと意識して作句するのもどうでしょうか。読み手には作意が伝わってしまうものですよ。自分の意図が伝わらないのは読者のせいではありません。仮想恋愛も結構ですが、自分の手を離れた作品をどう解釈（誤解？）されようと、それは甘んじて受けとめなければなりません。

Q　スッと出てきた句で後でどこかで読んだような気のする時があります。自分のオリジナルと思いながら盗作となっているようなケースはありますか？

（大阪府／M・Rさん）

A　スッと出て来るのはおおむね第一発想の句ですから、誰でもが思いつくことで、同想句も多くなります。まず第一発想は捨てることで、幾分そういう危険は避けられると思います。

Q　男性が女性の、女性が男性の句を詠んだりしますが、私はそれにどうにも違和感を覚えてしまいます。作り物と割り切ればいいのでしょうが、短歌などではあまり見かけません。

（大阪府／T・Jさん）

A 私も以前から気になっていたことです。歌舞伎では女形の方がより女らしいと言われたりするように、男性が女性を詠んだ佳句に出会うこともあります。しかし川柳は自分発という立場から言うと、それはあくまでも作り物なので、上手いなぁとは思っても、深い感動には遠い気がします。それと女性が、明らかに女性とわかる句の中で〃ボク〃と表現している場合があります。作者に理由を聞いてみると〃ワタシ〃では字余りになるからという答えが返ってきて絶句したことがあります。文芸は創作なんだから作り物が何故悪いと言う人もいますが、そこに心が宿ってこその文芸だということを忘れないで欲しいと思います。

Q 社会通念を川柳にするとき、自分の思想が強く出るからなのか、中々抜いてもらえません。批判精神も大事な川柳の要素だと思うのですが、違

うのでしょうか。また慣用語などを川柳に使うときはどの点に気をつけたらいいのでしょう。

（愛媛県／R・Sさん）

A 社会通念とは常識、見解、良識ということで、それを句にするとかなり押しつけがましくなってしまう気がします。批判精神大いに結構ですが、一般論では心に響きません。まして慣用語になるとすでに誰でも知っている言葉ですから余程発想が良いとか、句柄が大きいとか、句品があるとかでないと、ふり向いてもらえないきらいがあります。

Q 共選の場合、一人の選者が秀句、別の選者が没にした場合、その作品について喜んだらいいのか、悔しがったらいいのか、どのように思ったらいいのか悩んでいます。

（石川県／F・Hさん）

A あるベテランの川柳家がよくこんな言葉を口にしていました〝自分の句は天か没かでいいんだ〟と。実際、大会でも大賞をとっている作家ですが、選者によっては全没ということも多々ありました。つまりそれだけ個性的な句なので〝おおっ〟と感動してもらうか、選者の感性に反応しなかったかで、運命が分かれてしまうのです。私個人としては、どの選者にもほどほどに入選するよりもこういう句に魅力を感じます。川柳は個性で勝負！　と思っていますから。

Q **私が作句の上で気に入って使っている言葉を、周りの方にマネをされて不愉快な思いをしています。人のマネをするのは川柳の世界では普通なのでしょうか。**

（東京都／M・Jさん）

A 本や新聞を読んでいていい言葉に出会うと〝あっ、これ使えそう〟と思うことがあります。それと同じように自分が使った言葉だからと言って、他人に使わせないようにするわけにはいきません。同じようなフレーズが流行ることもよくあります。そんな時はもう自分は使わないか、それを使ったどの句よりもいい作品を残そうとするかです。

Q **川柳を始めた頃はスラスラいくらでも句が出来たのに、最近は苦しんで絞り出すような状態です。三年目になりますが、「スランプ」と言えるほどのレベルもキャリアもありません。向いて無いのでしょうか。**

（京都府／M・Rさん）

A こういう質問はよくあります。初めはとにかく作句そのものが楽しい時期ですが、少し慣れてくると句の良し悪しもわかってきます。上手に作りたいという欲も出てくると、出来た句が全部平凡で駄作のような気がしてきます。納得出来る作品が出来ないと焦って自分には向いてないのだろうかと思ったりします。ちょうど三年目くらいが多いようですが、おっしゃるように三年目でスランプと言うのはちょっと気が早いですよ。愚直一筋も大切です。上手い句を作ろうなどと思わずに、心の声に耳を傾けてやってください。いつか必ずいい句が生まれることを信じています。咲かない花がないように。

Q 私は初心者（六か月）ですが、伝統川柳と現代川柳の違いや難解句が理解できません。川柳力が足りないのでしょうか。

（愛知県／T・Rさん）

A 川柳を始めて六か月頃の自分を振り返ってみました。ひたすら作句に没頭し、先輩たちの句に感心し、私も早くあんな句が作れるようになりたいと思っていました。伝統川柳や現代川柳について考えるようになったのはもっと後のことのような気がします。

難解句と言われる作品についても、自分にはまだわからないけれど、こういう句もあるんだなという認識でした。

最近ではかなり理解の幅が広がってきています。「川柳力」と力まずに、まず自分の川柳を確立しましょう。それが「川柳力」に繋がることにもなるでしょうから。

Q 同一の句をA社とB社の二か所に投句しました。共選のつもりでいるのですが、川柳のルール違反でしょうか。

（石川県／F・Hさん）

A 絶対にやってはならないことです。共選というのは同じ句会で同時に二人の選者が選をするということです。この場合のような間違った解釈でなくても、あちこち投句しているとついうっかり同じ句を別の場に出してしまうケースも見かけますが、心して二重投句は避けましょう。

Q 感性とはどうやって磨くのでしょうか。少しでも難解な句になると意味がわからず、自分の想像力の限界を感じて落ち込みます。

（岐阜県／T・Rさん）

A こういう質問はたびたび寄せられ、その都度答えてきたつもりですが、感性や想像力といった目に見えないものを理屈で納得しようとするところに無理があるようです。落ち込む前に、とりあえずは形として見える作句に気持ちを集中するのが第一歩かと思います。

Q 選者の人によって選ぶ基準が違いすぎて、何をお手本と考えたら良いかわかりません。「自分の作風」というのも始めたばかりでサッパリわからないでいます。

（岡山県／S・Sさん）

A 手本というよりも、心に響いた句に影響されることは大いに考えられます。出来るだけ沢山そういう句に出合うことが作句の糧となり、その過程の中で、自ずと作風も定まってくるでしょう。

Q 句会に行く時間がなかなか取れません。本を読むだけでは置いていかれるのでは無いかとあせります。句会に行けない人の何か良い勉強方法はありますか。

（山形県／Ｈ・Ｙさん）

A 句会に行けなくても誌上句会があるじゃないですか。『川柳マガジン』に投句するだけでも、ずい分沢山句会に参加したことになりますよ。但し没句の検証までは出来ないので、勇気を出して選者さんにぶつかってみましょう。

往復葉書で質問してこられると、私など嬉しくなって添削までしてしまいます（注・忙しい選者から返答がなくても恨まないこと）。本を読むだけの一方通行より楽しいこと受け合いです。

Q 川柳をはじめて八か月が過ぎました。石頭になったかと思えるほど、句が出来ません。自分なりに課題も決めてみるのですが、良い発想の転換方法があれば教えて下さい。

（愛知県／S・Tさん）

A この欄でも句が出来ないという悩みが一番多く寄せられます。それは作ろう作ろうとするから逃げてゆくのです（恋と同じ？）。少し欲（上手に作ろう）が出てきた時に立ちはだかる壁には思いきりぶつかることです。大きなコブを作ってスタコラ逃げ出せばいいのです。別に川柳でなくても、と開き直ったら、川柳の方から慌てて見捨てないで！　とすがってきますよ。

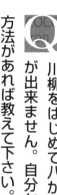

Q 私は午前中は比較的明るい句、夜は暗い句が出来ます。どうすればコンスタントにいつでもどんな句でも作れるようになれるのでしょう。

（佐賀県／E・Hさん）

A ラブレターを思い出してください。夜、必死で書いた手紙を朝読み返して投函出来なくなったという経験、ありませんか。太陽の国で生れた句と月の世界で出来た句が同じだなんてそれこそ〝ありえな～い〟と言いたくなります。どうしてコンスタントにいつでもどんな句でも作れるようになりたいのか、私の方からお聞きしたいくらいです。川柳は心が生み出すものです。金太郎飴みたいな心の持ち主なら、恐らくその人にとって川柳など入り込む余地がないと思われます。

Q 他の人が作る作品はよく理解できると思うのですが、自分の作品を見ると何か足りない気がして満足できないことばかりです。こんな私に何か一言いただけると嬉しいです。

（沖縄県／T・Tさん）

A はっきり言って他人の句のアラはよく見えるものです。何だ大したことないな、と思うと妙に安心出来るのです（厭〜な奴!?）。でもそれは自分の作品に自信がない裏返しかもしれません。医者が自分の身体は診られないと言われるように、自分の作品を冷静に見るのは難しいことです。だからこそ句会や勉強会に晒すことが必要なのだと思います。ただし、あちこちの句会でいつも異なる選者にぶつけていると、器用貧乏（？）になりそうな気もします。自分の軸がしっかりするまでは、師と決めた人（惚れ込んだ人でもいい）に向かって作品をぶつけていくのも一法です。

Q まだ人様の句を選べる立場ではないのに小会などでは選者がまわってきます。人数も少ないので逆にお断りしにくく、どのようにすれば良いのか悩んでいます。

（K・Kさん）

A 前回も似たような質問がありました。日本人特有の謙虚さかも知れませんが、私は与えられたチャンスは素直に受けることにしています。但しパーフェクトな選など無いと思っているので、没句検証は必ずします。その場の句会で無理ならば、終わってから先輩に自分が没にした句を全部見てもらったりしていました。そうすると〝この句は自分なら抜く〟と言われることもままあります。川柳は数学ではないのだから〝絶対〟という答えはありませんが、選の幅を広げるためにも必要な過程ではないでしょうか。

Q **二重投句の決まりが会により違うので戸惑っています。没句を別のところに出すのも二重投句になるのでしょうか。**
（静岡県／T・Sさん）

A 既に活字になったものを他に投稿すると二重投句になりますが、没句では問題になりません。ですが一度没になった句は未練なく捨てるのも潔いのでは？

Q **川柳の上品さ、下品さの境界を少し具体的に教えてください。句づくりの際の悩むところです。**
（広島県／G・Rさん）

A 「人間の品格」「国家の品格」更には「女性の品格」など、最近品格についての著書が目立ちます。川柳にも句品があると師・時実新子から学びました。しかし、上品、下品も個人の感性によるところ大なので、はっきりとした線引きはむずかしいかと思います。ただ下品と評されることが多いのは、やはり恋の句のようです。それが上品にも下品にもなるのは、艶やかさとみだらの境目かな、と私は感じています。

Q　多読多作と言われて色んな人の作品を読んで勉強しています。ただ、人の作品が頭に残ってどこかで無意識に自分の作品として書いてしまわないか不安です。何かそれを防ぐ方法はあるのでしょうか。

（京都府／M・Jさん）

A　こういう心配はよく耳にしますが、多読と言っても、ただ読み流しているだけでは栄養になりません。強く感銘を受けた作品は憶えているものだし、それに影響されたからと言って全く同じ句になるものではありません（意図的でない限り）。音楽でも絵画でも優れた作品に触発されて次世代は育っていきます。川柳もいい作品に触れ、感性を磨き、それを心の糧にするならば、自ずと自分の言葉（心の声）が生まれてくるものと信じます。

Q 選者によってはペンネームだけでボツにすることがあると聞きました。本当でしょうか。

（神奈川県／T・Sさん）

A 一番に考えられるのはふざけた名前だということだと思います。むかしは結構そういうことも許されていたようですが、川柳への姿勢を問われるような雅号（ペンネームとは言いません）は感心できません。もう一つ気になるのは雅号や字体そのもので作者がわかってしまう場合、何らかの意図が入ってしまうのかもしれないということ。作者がわかってしまうと先入観も入りやすいので、私は常々清記選をすべきだと思っています。パソコンでちゃちゃっと打てる時代なのですから、是非実践して欲しいものです。

Q 投句の際、所属結社の欄には大手の結社を書く方が良く抜けると聞きました。私は二社に所属しています。どうすればいいですか。（兵庫県／U・Kさん）

A そんなバカなことが…と思ったのですが、そういう噂があるとしたら由々しき問題なので真面目にお答えします。そんな話を聞いてご自身はどう思われましたか？　本当にそうなら良く抜ける方の所属になさいますか？　この欄を担当してから痛感することは、皆さんが抜けることにあまりにも捕らわれすぎているということです。それが楽しみで句会に行くのだと反論されそうですが、選者は神様ではありません。もっと自分の川柳を信じてやってもいいのではないでしょうか。

Q 初歩的な質問で恥ずかしいのですが川柳には小説のようにルビがないのは何故ですか? 難しくて読めない漢字は飛ばしております。皆様はどのように読まれていますか。

（大阪府／A・Mさん）

A まず小説と川柳ではスタイルが全く違います。わずか十七音の簡素な姿にルビをふるのは痛々しい（と私は思う）限りです。第一、選者に対しても失礼な行為です。選者は読めなかったらとばすなど決してしません。新聞投句に関しては一般の読者もいることだからと、あまりに一般的でない漢字にはルビを要求されますが、少なくとも川柳人であるなら漢和辞典を活用してください。

Q **自信作がボツになって、何気なく書いた句が抜かれます。何故なのでしょうか。**

（静岡県／Kさん）

A よくあることです。自信作というのは往々にして思い入れが深く、従ってひとりよがりの句が多く見られます。力を抜いた作品の方が〝どうだ、いいだろう〟という押しつけがましさがなくて共感されやすいのでしょう。

私など、スポンサーつきの応募作品は、まず入選しません。〝わあ、これ欲しい！〟という邪念が入ってしまうからかもしれません（トホホ）。

Q **安川久留美作品に「乞食」が使われていました。乞食は禁止用語なのではないでしょうか。また、使ってしまいがちな禁止用語を改めて教えてください。**

（静岡県／T・Sさん）

A 子供の頃、小学校には〝小使いさん〟と呼ばれるおじさんがいました。おじさんの部屋は畳があって、ストーブにはいつもやかんがしゅんしゅんと音立てていました。昼休みや放課後、おじさんの部屋へ行くのが楽しみでした。いつ頃からか、おじさんは〝用務員さん〟になり、子供たちとの距離も遠くなってしまいました。

差別語だということで禁止になった用語は沢山あります。確かに一理はありますが、言葉そのものよりも人間の意識が差別を生んでいる気がしてなりません。

Q 同人誌に発表した（選んでいただいて載った句）は『川柳マガジン』や他の本、句会などに出句してはいけない、と聞いたことがありますが、そうなのですか？

（兵庫県／K・Mさん）

A 同人誌と言っても、他柳誌と交換している規模のものもあれば、全く内輪だけの発表誌（サークル誌）もあります。後者の場合なら問題ないのでしょうが、誰かに選んでもらった句を別の場に出すというのはあまり好ましくないと私は思います。

よく〝誰々さんは抜いてくれたのに、誰々さんには抜けなかった〟という会話を耳にしますが、あちこち出句させられる作品こそいい迷惑です。〝自分の顔がわからない！〟と悲鳴をあげているかも知れませんよ。あまりにも抜けることが先行している現状に、心が痛みます。

Q 席題が苦手で焦るほど頭が白くなります。平常心になれません。ずばり特効薬を教えてください。支離滅裂になります。

（広島県／N・Hさん）

A 「頭が白くなる」などという既成語で、気持ちを表現すること自体、川柳人としてはその安易さに賛同しかねます。焦った時って本当に頭って白くなりますか？　私など色んな色が駆け巡って叫び出したくなりますが、人それぞれに違う筈です。もっと自分をよく観察して、自分を見つめることから始めてください。ずばり特効薬などと言っているうちは、川柳もそっぽを向いてしまうだろうなぁ。私は席題が好きです。短時間で集中することなど日常生活では殆んどないので、あの緊張感がたまりません。焦るのは上手に作ろうとするからだと思います。与えられた場の空気を楽しむために、まずあなたの頭が何色になるのか、調査してみてください。案外いい句が生まれるかもしれませんよ。

Q 選者の好みに合わせる投句態度の可否について。

（愛知県／S・Tさん）

A 選者への当て込みは結構あるようです。あの選者は母ものに弱いとか、定型でないと絶対採らないとか。句会の楽しみが抜けることにあるとすれば、対策をとるのも当然ということになります。これはもう川柳と向き合う姿勢の違いだと思うのですが、私個人としてはそれはしたくはありません。とは言っても一句も抜けないと恥ずかしいしと、つい選者におもねる句を作ってしまう場合があります。そしてそれが活字になった時、自分の句ではない違和感を覚えてしまうので、やっぱりどんな時でも自分の川柳を貫きたいと思っています。

Q　最初、句会に出席しだした頃は面白いように抜けていたのですが少し慣れてくると全然抜けなくなってきました。柳友も同じように長いトンネルを経験したという話を聞きますが、トンネルから出るためにはどんなことが効果的でしょうか。

（広島県／Y・Hさん）

A　トンネルに入ったということは以前より上達した証しでもあります。トンネルを抜けるには前進しかありません。どんな方法が効果的かなど考えている間は前に進めていない気がします。

Q 先輩方から「川柳は多読多作」と教えていただき、川柳の本を読み漁っていましたが、「知らないうちに読んだ句に影響されると困る」と言って殆ど本を読んでいない方にも出会いました。その方もよく句が入選しています。どちらが正しいのでしょうか？

（大阪府／S・Mさん）

A どちらが正しい、とか言うよりもどちらの方がよく入選するかということに関心があるように感じられるのですが、そういうとらわれから解放された時によい句がやって来るでしょう。

Q 句会（最小単位）では指導者（コメンテーター）は必要ですか？　仲良し句会では作句の向上はありませんか？

（富山県／S・Zさん）

A 句会は教室ではないので指導者が居ないところも多いと思いますが、仲良し句会というのがちょっと気になります。私もいくつかの勉強会をしていますが、それこそシビアな没句講評ばかりで入選句ゼロなんて当り前という会もあれば、句会後のお茶会を楽しみに続けているグループもあります。どちらが上達するかは言わずもがなでしょう。

Q 主幹に添削して頂いて見違えるように良くなった句があります。これらの句は投稿さえしなければ自作に加えてよろしいのでしょうか？

（群馬県／L・Aさん）

A 確かに私にも経験があります。師が添削をすると、魔法にかかったように良い句になることがあります。ただほんの少し（一字だけなど）の場合を除き、やはりそれを自作とするのは落ちつきません。自身が添削をする場合も、〝これは合作だから、私の名も入れておいて〟などと冗談で言ったりします。

Q 基本的な質問ですが、川柳の十七文字（上五・中七・下五）というのはあくまで目安なのでしょうか。

大会などで十七字未満あるいは以上、ひどい場合は二十字以上でも上位に抜けることがありますが、要は文字数には特に関係なく句意、句調さえ良ければ自由なのでしょうか。

（広島県／Ｋ・Ａさん）

A まず一番気になるのは十七文字という言葉です。文字数ではなく川柳は十七音（音で五・七・五と数えます）だというそれこそ一番の基本を忘れないでください。そのうえで、基本パターンからはみ出す句も、最近は特に多く見られるようですが、リズムが良ければ破調も気にならない場合があります。それは絶対に許せないとする立場も尊重しますが、私はやっぱり作品の質を重視します。

Q 「なりきり」「なりすまし」という技法があります。これを駆使すると創作の幅が広がるようですが、私は好みません。吟社でも他人事でなく自分の事をしっかり詠むよう指導されております。「なりきり」の是非についてご教示願います。

（群馬県／L・Aさん）

A 昔は、特に男性が女性の句を詠むことも多かったようですが、最近は自分の現在地で詠むのが主流で、私もそう教わってきました。「なりきり」というのはやはり作り物ですから、心を打つ句は生まれにくい気がします。

Q

句が動くといいます。拙句での「伊香保の湯」が指導者より「これでは楽しみが共有されない。『我が家の湯』が良い」と教えて頂きました。固有名詞の使用など、「動く句」についてご教示お願いいたします。（群馬県／S・Iさん）

A

「伊香保の湯」を例えば「草津の湯」にしたって句意は変わりません。こういうのを動く句と言いますが「我が家の湯」はひとつしかないので動きようがありません。

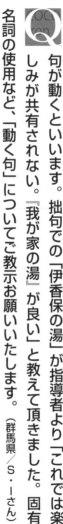

Q 三句吐のとき、字体を書き替えることが「選者に対するエチケット」であるという説を聴きましたが、いかがお考えでしょうか。（東京都／I・Jさん）

A そんな説を私は聞いたことがありません。むしろ若かりし頃の苦い経験では、一句目に薄い鉛筆を使用していたところ、先輩にそれでは目立たないと言われ、二句目は濃く大きく書き、どちらも入選しました。するとその時の選者であった故橘高薫風氏に注意されました。

氏は出来るだけ多くの人の句を採るため、同じ作者の句を二句採らないよう心くばりをされていたようです。

そんなつもりではなかったことを弁解も出来ず、大好きな先生に叱られた悲しい思い出です。

Q 川柳句の五・七・五のうちいずれかをそっくり頂いてもここまで…例えば上五のみ、とか中七のみ、だと盗作になりませんよね。でも二つ頂いたら盗作ですか？

（福岡県／N・Yさん）

A あなたにとって作句とはどういう意味をもっているのでしょうか。単に抜ける句をめざしている人は確かにいます。大会となると抜ける為の傾向と対策として、過去の入選句や選者の好み（？）などを調べるそうです。それでも力のある人は自分の川柳を作れるのでしょうが、〝心を詠む〟ことからは離れる気がします。それ以上に他人の言葉をいただくなんて、一つだとか二つの問題ではなく、情けない気持ちでいっぱいです。〝川柳とは何か〟もう一度考えてみて欲しいと思います。

Q 破調についてお尋ねします。最近見付けだけにとらわれてか、中八、下六などの句を多く見かけます（勿論、表現内容は重要ですが）。もっと五七五のリズムを大切にすべきと思うのですが……。ご教示ください。

（茨城県／A・Fさん）

A 何故か破調に目くじらを立てる人が多いようですが、中八とは気づかない程、リズムの良い句もあります。もちろん五七五は基本ですが、指導者でない限りあまり他人の形態を気にしないことです。演歌が好きな人もあれば、ロックがいい人もあり、人それぞれですから。

Q 課題「合格」「透明」に対し「不合格」「不透明」と逆の表現をしてもルール違反にはならないのでしょうか。個人的には抵抗感があるのですが。

（鳥取県／I・Iさん）

A よく問題になっているテーマで、厳密には課題からはずれます。しかしたとえ否定形になっても作品が良ければOKという立場をとる人もいます。川柳は算数ではないから、絶対的な答えはないと考える方が気が楽ですよ。

Q ベテランの人は短時間で何十句も作句すると聞きますが、早く上達するためには「質より量」を重視して速攻でガンガン作るのがよいのか、「量より質」を重視してじっくり推敲しながら作るのがよいのか、どちらがいいのでしょうか？

（愛知県／K・Oさん）

A 早く上達したい気持ちはよくわかりますが、そんな特効薬などありません。一分間吟で十句作る人もいれば、たった一句しか出来ない人もいます。その十句が一句より劣るとも限らないし、その逆もあります。要は自分のタイプを見極めて無理しないことです。川柳は逃げません。あせらず、一生付き合う友として大切にしてください。

Q 「作句」には自分を見つめる内向きの句と万人の共感を得られる外向きの句があると思います。選者様によっては特に前者は自意識過剰と敬遠される場合があります。独断にならないようなブレーキの掛け方を教えてください。

（群馬県／S・Iさん）

A 内向きの句、外向きの句などを意識したことはありませんが、感情がほとばしるような時は、思いきりそれをぶつけて作句した後、少し時間を置いて（何日か）改めて見直すことにしています。すると直後の激しさは薄れ、共感を得られる思いだけが残るような気がします。

Q **いちから我流でやっています。作るのと読むのとしかやっていません。上達の方法を教えてください。**

（千葉県／H・Mさん）

A 我流で上達するのには時間がかかるので、出来ればどこかの勉強会などに参加された方が楽しく学べるかと思います。没句の理由なども説明されると理解しやすいですから。しかし独学を選ばれるなら選評や講評などをよく読まれるのも一法です。

Q 句会の課題「残暑」で《蝉しぐれ無縁仏の汗拭う》と詠んだが「蝉しぐれ」は俳句の季語では「夏」で「残暑」は「秋」の季語ではないか、と意見が出ました。川柳でも季語を重視しなくてはならないのでしょうか。

（茨城県／Y・Kさん）

A 川柳に季語はいらないと言うのは、入れなくてもよいということであって、使うのは自由です。ただし使う限りは正しく、というのは常識です。ところが川柳ではそんなに厳密に言う必要がないのだ、という意見に出会った時には唖然としました。間違って使うくらいなら季語など入れないで！ と叫びたい気持ちです。そんなことだから俳句は教養、川柳はアソビなどと揶揄されるんだと、憤っているところです。

Q **十年位前に地方紙で入選したことが何度かあります。今、その時の句を直して作ってもよろしいのでしょうか。**（兵庫県／T・Kさん）

A 洋服のリフォームじゃあるまいし、何でまた今頃そんな古い句にお出まし願うのかわかりませんが、川柳にも旬があります。その時輝いていた句も色褪せているでしょうし、塗り替えたり、仕立て直しするよりも新しいカンバスに新しい色を載せてあげた方が川柳も喜ぶと思いますよ。自分の句を再利用しても誰も文句は言わないでしょうが、そういう発想自体が川柳に負けてる！　と言いたいです。

Q 成り済まし川柳と客観句の違いを教えてください。

（静岡県／Kさん）

A 「成り済まし川柳」なる名称があるのかどうか知りませんが、作者は男性なのに女性の立場で詠んだり、その逆だったりの句にはよく出合います。本当に女性が詠んだのなら肯定出来ても、男性がこんな句を詠むのは許せない、という場合もあるので、私個人としてはそういう川柳には否定的です。けれど、それと客観句とは全く別物で、時事吟などはほとんど客観句になるのではないでしょうか。つまり私の眼ではなく、客観者の眼で詠む立場をとるのであって、成り済まし川柳とは形も精神も異なります。

Q 「我」を「我れ」と表記するのはいけない事でしょうか。「皆（みな）」を「皆んな」と読むのは如何かとは思いますが、どの程度の表記までが許容範囲でしょうか？

（沖縄県／T・Tさん）

A 送り仮名を正しくというのは基本ですから「我」に「れ」は要りません。しかし「我」では堅すぎるから「れ」を入れたい気持ちをわからないではありません。そんな時はいっそ平仮名にしてはどうでしょうか。私は「吾」を使う場合もあります。「皆んな」もおかしな表記ですから「みんな」と読ませたい場合は「皆」にルビを打つか、全部平仮名にすることです。送り仮名については国語審議会で検討されていて、たびたび変更されるので戸惑うことも多いのですが、文芸をめざす者に間違った表記はいただけません。

Q 作句の時、難しい字はひらがなでも良いのでしょうか。（愛知県／T・Rさん）

A 漢字はとても雄弁です。これを使わない手はないと思っています。私が平仮名や片仮名を使う場合が多いのは「薔薇」です。漢字が難しいからではありません。「薔薇」と「ばら」「バラ」ではかなり印象が違うので、その時々の作品にふさわしいものを使用しています。

平仮名で書くと意味を特定出来ない場合があります。敢えて曖昧にすることで、読者に委ねているという作者もいますが、それは一種の逃げだと思うのです。せっかく平仮名もある日本語の良さを十分活用するのは賛成ですが、難しいという理由でそれをされたら漢字は廃れてしまいます。それでなくてもワープロの普及で読めても書けない漢字が増殖の一方です。

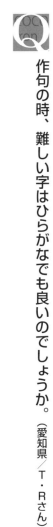

それに少しでも歯止めをかけるのも文芸を目指す者の使命ではないでしょうか。

Q 川柳の五・七・五の中句の部分は四音三音と区切った方がリズムが良いでしょうか。リズム良く詠む作句方法を教えてください。

（愛知県／T・Rさん）

A 中七を二つに区切って詠むなど特に意識したことはありません。文節的には区切れても、切らずに読めるところに中七のリズムがあるのです。リズム良く詠むことに苦慮する前に、作品の中身だと思います。いい句が出来た時は、ちゃんとリズムもついてくるものです。何でも形から入らないと気が済まない人もいますが、あまり几帳面すぎると川柳に嫌われるかも知れませんよ。

Q 第六回川柳マガジン文学賞の応募では十句を一セットにしてタイトルをつけるという、私にとって生まれて初めての試みで苦労しました。十句の作り方、並べる順番、そしてタイトルのつけ方などわからないのでアドバイスをいただきたいです。

（M・Sさん）

A 一般的に作品は一句一句が独立していますが、十句、二十句という連作になると当然タイトルやストーリーを考えます。最初にタイトルを決めて作句する場合もありますし、出来あがった作品からタイトルを考えていることもあります。要はいま自分は何を詠みたいのか心に問うことから始めます。強く訴えたいテーマがある時はタイトルが先行します。

小説などは題名が決まるとほぼ作品は完成と言われるほど、タイトルは重要なので応募作品の場合など特に他と類似しないよう、インパクトのある個性的なものをと考えます。作品の並べ方は一句目に自分らしさを、終わりの句に想いを凝縮させ、真ん中あたりに主張を入れて全体に強弱をつけるようにします。もちろんどの句も一句として成立しなければなりませんが、全部が主張しすぎると成人式の振袖のようになってしまいますから。

Q 川柳に自己規制の多いのは何故でしょうか。①記号「」や、。等／②中八が駄目な理由／③切れ字を嫌う理由

（栃木県／I・Eさん）

A ①記号や感嘆符を使わないのは川柳に限っていないと思います。わずか十七音。言葉のみで勝負したいものです。②中八はリズムが悪いからです。音読してみればよくわかります。③切れ字は日常会話に使いません。川柳は現在地で詠むものだからと私は解釈しています。

Q **川柳に使って良い表現、使ってはいけない表現があると思いますが、例えば「田舎の香」などプラスイメージと「田舎弁」などマイナスイメージがあると思いますが、どういうことに気を使えばよいでしょうか。**

（千葉県／Y・Sさん）

A 田舎への偏見があるとマイナスイメージになるし、近年流行の「田舎暮らし」などには夢が詰まっているような気がします。明らかに差別用語として禁止されている言葉は論外ですが、要は自分の中の気持ちにマイナスイメージがあるなら、使わない方がいいと思います。

Q 私は課題によって「詠み込み」と「詠まない」を使い分けていますが、原則詠み込みの選者もおられます。こういう場合は「詠み込み」をした方が良いのでしょうか?

（群馬県／S・Iさん）

A 句会に出る限り入選したいのが人の情ですから、選者について傾向と対策を練る人もいます。但しあまりそれをすると自分の作句軸が定まりません。地道に作家をめざすのか、入選を無上の喜びとするかはそれぞれの考えですから、あなたはあなたの道を選んでください。

Q 何かカベにぶつかっています。句会に出しても全滅の時もあり、選者によって違うのかとも思っています。気持ちを読むようにしているつもりですが、どうカベを破って行けばいいのか、ご指導ください。

（千葉県／Y・Sさん）

A 〝壁にぶつかるなんて壁のある人が言うことで、そもそも壁もないのにぶつかりようがない〟というようなことを誰かが言っていて、いたく気に入りました。柳歴の浅い（あなたがそうかどうかは知りませんが）人ほど、ちょっと没が続くと壁にぶつかって作句出来ないという人が多いように思います。とりえあず入選ばかりにこだわらないことです。

Q 川柳に課題を詠み込まない方が良いと聞き、なるべく入れないつもりですが選者に届かないことの方が多く、勉強不足とも思うのですが何か決まりなどはありませんか？

（匿名希望さん）

A 詠み込みが良いとか悪いとか、そもそもそんなことに気を配るより、課題と真っ正面に向き合い作品に心を込めてください。選者に阿《おもね》るのではなく、良い作品を作ることを第一に。良い作品は必ず選者に届きます。

Q 一つの課題でたくさん句を作ってしまった時の選句方法を教えてください。

（静岡県／Kさん）

A 自選は難しいものです。全部いい句だと思っていますから。しかし結構似たような句も出来てしまうので、句柄の異なるものをバランスよく配しましょう。

それと自分ではこれが一番、とする句が案外駄目だったり、特に思い入れの強い作品ほど、想いが伝わらないこともよくあります。ひとりよがりにならないように醒めた眼でみつめることでしょうか。

Q 下五に「ヒヤシンス」「チューリップ」「鳩時計」など上五、中七と全く無関係な言葉を使う意味を教えてください。（兵庫県／U・Kさん）

A 以前にも似たような質問がありました。時々続けて同じ様なご質問をいただくことがありますが、他人の疑問の中に自分の知りたい答えもたくさんあります。柳誌を読む時に、自分の句があるかどうかだけ確かめて終わり、というもったいない読者をよく見かけます。本にはいっぱい栄養が詰まっています。偏食せずにしっかり食べてこそ、それを滋養にしてよい作品も生まれるというものデス。

以前の回答にもう少し補足します。下五に全く無関係な言葉をもってくることをハネると言いますが、それにより読み手にちょっとした衝撃を与える効果があります。スウッと通ってしまう句は沢山の作品の中では影が薄くなるので〝えっ？〟と立ち止まってもらうことも大事です。

Q 未発表句の範囲を教えてください。

（宮城県／H・Mさん）

A 大会はもちろん、句会や柳誌に発表した作品は既発表ですから、勉強会や私的な句会など、文字通りどこにも発表していないものに限ります。

Q 句会で提出する句箋には「4Bか5Bの鉛筆で書け、ボールペンや万年筆で書いた句はそれだけで没にする」といった少々乱暴なことを耳にしますが、そもそも鉛筆書きにするのには何か訳があるのでしょうか？

（山口県／S・Yさん）

A まずボールペンや万年筆では書き直しが出来ないということです。提出時間ギリギリまで推敲したり、書き間違いを正すには鉛筆が便利です。〝もう一枚句箋をください〟と慌てている人をみかけることもよくあり、その防止の意味もあると思います。ただし、それだけで没にするというのは、そういう姿勢（最後までの努力をしない）に対しての批判ではないかと思います。4Bか5Bでというのは、選者をされるとわかると思いますが、薄くて細い字は大変読みづらいので、太く濃く、見やすいようにということだと理解してください。

Q 選者にもよりますが、川柳大会では時事川柳は滅多に入選することがありません。何故なんでしょう。

（広島県／O・Oさん）

A 「時事吟で、百年に耐える作品はむずかしい」という理由で積極的にとらない立場ですが、じゃあ他の句は百年生きるかと言うと、そんな佳句がそうざらにあるものでもありません。どんなジャンルでも作品次第だと思いますが、大会などではスケールの大きい、インパクトのある句が目立つかもしれません。

Q 私は俳句も詠むのですが、無季の叙情俳句と川柳の境界線がどの辺りにあるのか、まだ定められません。その場合、川柳と俳句はどう区別されるのでしょうか。

（匿名希望さん）

A 川柳と俳句の違いはよく論議されますが、未だ明確な答えは出ていないようです。「俳句と川柳の間にある未開拓の草刈り場は、全て川柳が引き受けよう」という川上三太郎の言葉が有名ですが、他にも俳人が詠んだら俳句、川柳人が詠んだら川柳だという人もいます。

実際、無季俳句と川柳の違いなど殆どわからないものもあるし、川柳に季語を使った作品も多くあります。無理やり線引きする必要があるのかなぁと私などは思いますが、それよりも俳句も川柳もされる人はそれこそどう詠み分けておられるのでしょうか。

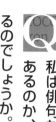

Q 印象吟の題は句を作るためのヒントになればよいと新家完司さんに聞きましたが印象吟の選者は皆そう思っているのでしょうか。（静岡県／Kさん）

A これはまぁ、ご無体な質問ですこと！　印象吟の選者さん全てを知っているわけでも、皆が同じ考えである必要も無いと思いますので、私が選をした時のことのみお答えします。

印象吟に限らず課題は作句へのヒントだと思いますが、言葉では限定されない分イメージが広がります。想像力の豊かな人には有利でしょうし、乏しい人にとってはむずかしい課題かもしれません。

私は個性派大好き人間ですので、誰が見てもそう思えるというような発想はまずいただきません。〝へぇ～、そんな見方もあるのか〟と驚かされる作品に強く魅かれますが、かと言って課題からまるで離れてしまうのも論外です。

新家完司さんがおっしゃるように、ヒントがいっぱいあるのが印象吟ではないでしょうか。

Q　川柳は「　」（カギカッコ）を使わない方が良いのでしょうか。
（広島県／F・Mさん）

A　「　」を使うのは固有名詞（名前や書名など）に限定しています。
ついでに言うならば感嘆符なども含めて記号の類に寄りかからず、あくまで言葉で勝負だと思っています。

Q **ある選者が「川柳の題材は日常からでも川柳が日記であってはならない」と書いておられ、私の川柳はその時が思い出される日記のようなものなのでドキッ！　と心に刺さりました。この選者の意はどんなことなのか、また日記のような句はいけないのですか？**

（静岡県／T・Sさん）

A 確かに川柳は日記ではありません。しかし心を吐くというものも川柳の一面です。その方法はひとさまざまで、一見難解句で意味不明のように思われる作品にも作者の想いは強く反映されています。けれど、それを感じる力がなければなにも伝わってきません。

私の基準は川柳を知らない人にも感動してもらえる作品を生むことです。単なる日記では〝ああ、そうですか〟となってしまい、それが文芸たる所以ではありますが、これがむずかしい〜‼　だから川柳から離れられないのデース。

Q 上五が名詞で、下五が動詞で川柳を作ると良い句になるのでしょうか。
（広島県／F・Mさん）

A どこからそんな発想が出て来るのか不思議ですが、ちなみにそれにあてはまる句を探してみてください。みんな良い句ですか？ そんなありもしない法則にこだわるよりも何を句にしたいのか、自分の心を磨いて欲しいと思います。良い句を作ろう作ろうとして、良い句から遠ざかっているような気がしますよ。

Q 小生は川柳を作り始めて三年目を過ぎましたが、選者さんの好みでの評価の大きな違いに、各句会で批判の声があるのにはびっくりです。川柳に標準値なんてあるのですか？　言葉や完成に尺度がつけられるのでしょうか。

（東京都／U・Iさん）

A 〝選者の好み〟という言い方にはちょっぴり悪意を感じてしまいますが、選に当たっての基準はそれぞれ持っている筈です。

作句は深い眼で、選句は広い眼でと教わってきましたので、自分の好みに合わなくても作品が良ければ採るのは当然です。けれども〝こんな句を採ると自分の感性が疑われる〟と思う句は絶対にとりません。もちろんそんなものに標準値などありません。選者だってパーフェクトじゃない（人間なんだから）のですから、それを批判ばかりするよりも作品を磨く方が先決なんじゃないかなぁ〜。

Q 川柳にストーリーを織り込めと言われますが、僅か五七五の十七文字の中で物語をどのように織り込めばよろしいのでしょうか。

（福岡県／O・Kさん）

A 〝ええっ？〟と驚かされた質問です。川柳は人生を詠むものですから、そこにストーリーがあって当然です。川柳が大人の文芸だと言われるのもそれ故だと思っています。だからと言ってどの作品にも物語性がある訳ではありませんが、そういう姿勢で私は詠んで来ました。ではあなたにとって川柳の立ち位置はどこにあるのでしょうか。僅か十七音の中に想いを込める、それが川柳の醍醐味だと、いつかあなたも感じて欲しいなと思います。

Q 歌謡曲や名言から引用して作った句は盗作になるのでしょうか？（静岡県／Kさん）

A 歌謡曲はプロの作詞家が書いているのだし、名言として残っているものなら尚のこと感銘を受けるフレーズもありますが、それをヒントとして自分の言葉で詠んでやらなければ川柳が泣きますよ。

Q 披講の際に、選者が句を読み違えるときがあるのですが、きちんとその句が読めていないのに何故、選が出来るのでしょうか。（大阪府／M・Kさん）

A こういう質問に出合う度に、とても悲しい気持ちになります。大切な自分の作品を委ねる選者に対するマイナス感情がヒシヒシ伝わるからです。確かに勉強不足や未熟な選者もいるでしょうが、それを育てていくのも川柳家です。選者が育たなければいい作品も世に出ません。御座なりな選者には潔く出句しないというのも、レベル向上への手段かと思います。それにしても体当たりで作品をぶつけたい選者がいなくなっていくと、川柳は廃れるのではないかと危惧します。

Q 「笑いのある川柳」のジャンルは過去に詠まれた句の二番煎じのような作品（見つけが同じ）が多いように思われます。また、即膝ポンにならない句もありますが、その許容範囲をご教示ください。

（茨城県／A・Fさん）

A　「笑いのある川柳」に限らず、よく似た発想に出合うのは仕方がないような気もします。長い歴史の中で言葉は無限ではないですから。また膝ポン即笑いの川柳と考えるのも古い発想ではないでしょうか。じっくりと笑いがこみあげてくる深い川柳も味わってください。

Q　作品そのものより人物批判の方に走っている人が周りにいます。「川柳は人間を詠む」と教えられましたし、人柄も作品のうちとその人は言いますが、本当にそうなのでしょうか。

（岐阜県／T・Tさん）

A　川柳に限らず、どんな作品にも作者の人柄が反映されると私は思っています。句にも品格があります。上手に出来ていても心に響かない句は人間的魅力がないのかなと思ってしまいます。川柳の上達と共に人間も育っていって欲しいものです。

Q 大会では普段の句会で詠んでいる句よりも少し重みのある句を作るようにしているのですが、なんだかそれも突き詰めれば演じているような気がして自分の句であるのに時々違和感があります。この違和感を無くすためにはどうすれば良いのでしょうか。

（大阪府／S・Fさん）

A 大会に気合が入るのはわかりますが、それでは普段の句がかわいそうな気がします。大会はいつもと違う選者と出会える場所であり、違う角度で作品を見てもらえる機会だと私はとらえています。自分に違和感のあるような句って一体誰のものなのでしょうね。

これから

川柳はこれからどうなるのか、誰しも危惧していることだろう。高齢化が叫ばれて久しいが、それは川柳に限ったことではない。ゲームだの何だの遊びがいっぱいある時代に若者を地味な文芸に引き入れるのは大変である。

そんなマイナス要素ばかり考えるよりも、夢を持ちたいと思う。ちょっと手が届き難いけれど実現可能な夢、それは「川柳会館」を創ることである。関西の文化に造詣の深かった河合隼雄先生（元文化庁長官）に持ちかけると大変興味を示してくださった（田辺聖子氏や時実新子との対談もされている）のだが、任期半ばで亡くなられ残念でならない。でもまあ、国の援助を受けるにはとてつもない時間と労力が要るので、自分達でやるしかない!! クリスチャンは信者で教会を建てている。宗教を持たなかった私の宗教は川柳だと思っている。そういう川柳人は多いだろうし、人生の最後を充実させてくれた川柳に恩返ししたい想いはある。

具体的には新葉館出版を核に会館を建て、そこに資料室や図書室、句会用の会議室や大会などが開催できるイベントホールなどを設けるのだ。とは言え、新葉館出版独自で実現するのは難しい大事業なので最終的には寄附に頼るしかないのでは、と考えている。日本には寄附の文化が根づかないと言うけれど、災害時に手をさしのべる人は多い。さらに現在はクラウドファンディングなど、企画趣旨とリターン（返礼）がニーズにマッチすれば皆が喜ぶ素晴らしい形で夢を実現することが可能である。

私は自分の葬式はしないと決めているのでその費用が浮かせられる。葬式をしないなんてとんでもない、と言う人もちょっとランクを下げればいいし、遺言書に隠し子（川柳子）にも遺産を、と残すもよし。そうそう永代供養というのが流行っているように、自分の著書を会館に収めて蔵書の永代供養料を払っておくのもグッドアイデアじゃないだろうか。……そんなことを考えていると死を迎えるのも楽しくなってくる。折しもテレビで樹木希林さんの訃報と、彼女の生き様が伝えられていた。川柳人なら彼女のように個性的な生き方、死に方をしたいものだと思った次第である。

川柳の風を集めて立つ煙

二〇一八年秋

たにひらこころ

● Profile

たにひらこころ

　時実新子の「川柳大学」会員（創刊〜終刊まで）。アサヒグラフ「川柳新子座」準賞受賞。朝日新聞和歌山版川柳欄選者。難波で川柳研究会を主宰。著書に「こころ句集」「ふたつ下のそら」「川柳作家全集　たにひらこころ」ほか。

COCO論

○

平成30年12月25日　初版発行

著　者

たにひらこころ

発行人

松　岡　恭　子

発行所

新　葉　館　出　版

大阪市東成区玉津1丁目9-16-4F 〒537-0023

TEL06-4259-3777　FAX06-4259-3888

http://shinyokan.jp/

印刷所

株式会社太洋社

○

定価はオビに表示してあります。

ISBN978-4-86044-538-6